Sina Blackwood

Hanna
-
Amazone wider Willen

AF210720

Bibliografische Informationen der Deutschen Nationalbibliothek:
Die Deutsche Nationalbibliothek verzeichnet diese Publikation in der Deutschen Nationalbibliografie; detaillierte bibliografische Daten sind im Internet über http://dnb.de abrufbar.

© 1. Auflage: März 2025

© Coverbild: Adobe Stock / A close-up of a dog's face with its mouth open and lit-up eyes © Nadia

Umschlaggestaltung: Sina Blackwood
Layout: Sina Blackwood

Verlag:
BoD · Books on Demand GmbH,
Überseering 33, 22297 Hamburg, bod@bod.de
Druck:
Libri Plureos GmbH, Friedensallee 273,
22763 Hamburg
ISBN: 978-3-8192-4429-2

Inhaltsverzeichnis

Eine ungewöhnliche Offerte

„Probleme?", fragte Peter Tiede seine Tochter Hanna kurz. Er hatte gesehen, dass die Journalistin nach dem Interview offiziell Kamera und Mikrofon ausschaltete, bevor sie weitere Fragen stellte.

Hanna rieb sich mit beiden Händen das Gesicht. „Ja. Sie haben noch immer keine Spur von Andreas Winkler, dem Botaniker aus dem zweiten Team gefunden. Und nun quetschen sie natürlich alle aus, die in irgendeiner Weise in die Datenerhebungen involviert sind. Sie suchen seit vollen zwei Tagen per Hubschrauber mit Wärmebildkameras, lassen Drohnen fliegen und sind mit einer Hundestaffel unterwegs. Tim Meier, der Biologe, der wegen des Beinbruchs ausgeflogen werden musste, weshalb Andreas allein weiterging, ist völlig fertig. Nun geben alle hinter vorgehaltener Hand den beiden von der Einsatzleitung die Schuld, die Andreas die Genehmigung zum solo Weitergehen gegeben haben. Was in meinen Augen völliger Quatsch ist. Dort laufen täglich allein Wanderer herum. Wölfe und Bären hat man bisher auch noch nicht in diesem

Gebiet gesehen, sodass es keinen ernsthaften Grund gegeben hätte, ihm das zu verbieten."

Peter dirigierte Hanna am Arm ins erstbeste Café, um sie aus dem Blickfeld der Presse zu ziehen. „Ich sehe dir an, was du denkst."

„Ist das ein Wunder?", murmelte Hanna. „Du beißt dir doch genau so auf die Zunge."

Dankend nahmen sie Eis und Kaffee entgegen, um eine Weile schweigend in den Tassen zu rühren.

„Du planst doch schon irgendwas?", stellte Peter leise fest.

Hanna nickte. „Ich werde Dr. Bernhard Kreller fragen, ob er mit mir gemeinsam die Strecke abgeht."

Peter verschluckte sich glatt. „Du willst was?!", platzte er mit einigem Entsetzen heraus. Es störte ihn nicht mal, dass sich die Gäste am Nebentisch wegen seines doch recht lauten Ausrufs neugierig umwandten.

„Du hast richtig gehört", erwiderte Hanna eindringlich. „Ich kann den Kerl als Mensch nicht ausstehen, aber fachlich ist er erste Sahne. Ich will ihn ja nicht heiraten. Ich brauche einen, wie ihn, der auch okkulte Aspekte oder Zeit- und Raum-Krümmungen nicht als Ulk abtut. Er ist

Physiker, der Einzige, dem ich diesbezüglich komplett vertrauen würde, und der verrückt genug ist, überhaupt mitzugehen. Ich hoffe, dass ich ihn ködern kann."

Peter schaute Hanna mit so undefinierbarer Miene an, dass sie glucksend zu lachen begann. „Am besten hältst du Mutter auch aus dieser Sache raus. Die dreht bloß durch."

„Versprochen."

Am nächsten Morgen rief Hanna gleich neun Uhr bei Dr. Bernhard Kreller an.

„Was verschafft mir die Ehre, Frau Diplom-Geologin?", fragte Kreller in seinem üblichen herablassenden Ton, als Hanna nur ihren Familiennamen genannt hatte.

„Ein privates Forschungsprojekt, für das alle anderen nicht qualifiziert genug sind. Ihr angeborener Zynismus, der Sie aus der breiten Masse heraus hebt, macht Sie zu meinem Joker im Spiel."

Weil einige Sekunden Stille herrschte, glaubte Hanna schon, Dr. Kreller, von Freunden wie Feinden Barny genannt, hätte aufgelegt, da sagte er plötzlich: „Zehn Uhr in meinem Büro."

„Geht klar, großer Meister. Bis dahin." Hanna beendete mit breitem Grinsen das Gespräch, während Dr. Kreller verblüfft sein Telefon betrachtete.

Dass sich Hanna ausgerechnet an ihn wandte?! Das zweite Mal, dass sie ihn beeindruckte. Beim ersten Mal hatte sie einfach nur für alle hörbar „Fatzke" gesagt, als er ihr die Glastür vor der Nase zuschlug, während sie einen ganzen Stapel Exponate-Kartons durch den Lichthof jonglierte. Der Hall im Lichtschacht hatte das Wort mehrfach verstärkt und einige Mitarbeiter schauten, wem es galt. Barny musste grinsen. Die süße Brünette hatte Stil, während sich andere tagelang keifend über ihn echauffierten.

Er setzte seinen Status kurz vor zehn auf unabkömmlich und drückte die Ruhetaste am Festnetztelefon. Auf die Sekunde genau klopfte Hanna an seiner Tür, er bat sie herein und zeigte auf die gemütliche Sitzecke, statt auf die Stühle am Schreibtisch.

Hanna dankte, nahm Platz und staunte, weil er zwei Tassen mit Espresso füllte und Gebäck auf den Tisch stellte. *„Schau an, schau an, er kann also auch anders!"*

Barny setzte sich ebenfalls und fragte: „Um welche Art Katastrophe geht es?"

„Um den Beweis einer Zeit-Raum-Anomalie", brachte es Hanna sehr kurz auf den Punkt.

„Hä?!", entfuhr es Barny, sie mit völliger Verblüffung musternd.

„Ich meine es ernst, Doktor Kreller. Ich habe so etwas am eigenen Leib erlebt und bin der Überzeugung, dass dem vermissten Botaniker Andreas Winkler Ähnliches widerfahren sein könnte. Ich habe vor, seine Tour mit dem gleichen Marschgepäck abzugehen, und möchte Sie als renommierten Physiker, der sich weder fachlich noch privat um das Gerede anderer schert, dabei haben."

Barny schaute Hanna stumm forschend in die Augen. Die hielt dem Blick mit stoischer Ruhe stand.

„Ein interessantes Ansinnen, dem ich nicht abgeneigt bin", murmelte er schließlich. „Sie werden sicher verstehen, wenn ich Hintergrundwissen haben möchte."

„Voll und ganz", bestätigte Hanna, ihr Erstaunen nicht zeigend, weil sie fest mit arroganten Sprüchen gerechnet hatte. „Ich erzähle Ihnen am besten die komplette, allerdings recht lange Geschichte, aus der Sicht des Kindes, das ich damals gewesen war."

„Bitte. Ich bin ganz Ohr und habe Zeit."

Hanna trank die Tasse leer und berichtete: „Ich ging damals in die zweite Klasse einer Schule auf dem Chemnitzer Sonnenberg, also ziemlich nah am Zeisigwald. Ich durfte stets meinen Vater begleiten, wenn er an den Wochenenden auf den Spuren des alten Vulkans wandelte, der hier in grauer Vorzeit ausgebrochen war. Seit ich selber ein Stückchen versteinerten Holzes gefunden hatte, war dieser feuerspeiende Berg meine große Leidenschaft."

Über Barnys Gesicht huschte ein kaum merkliches amüsiertes Grinsen.

„Ich hab davon geträumt, wie es wohl sei, durch den Wald der fremdartigen Baumriesen zu schlendern, bevor die Folgen der Katastrophe sie in Stein verwandelte", fuhr Hanna fort. „Besonders dann, wenn ich im Foyer des Tietz den Kopf in den Nacken legen musste, um die oberen Enden der ausgestellten Stammstücke sehen zu können. Als ich einen eigenen Ausweis für die Stadtbibliothek bekommen hatte, lieh ich mir so beinahe alle Bücher zum Thema Vulkane aus, die im Bestand waren. Soweit zur Vorgeschichte", erklärte Hanna.

„Eines Tages erhielt ich als Geburtstagsgeschenk eine Eintrittskarte zum Museum für Naturkunde. Den ersten Blick schenkte ich dem riesigen Grizzly gleich neben dem Eingang. Der ist gewaltig groß und ich musste auch seinetwegen den Kopf weit in den Nacken legen, um die Ohren anschauen zu können. Ich stutzte. Der Gigant hatte soeben mit dem rechten Auge geblinzelt. Ich drehte mich sogar noch ein paar Mal nach ihm um.

,Was hast du?', fragte mein Vater, weil ich ziemlich irritiert wirkte. Ich wusste ja, dass der Bär ausgestopft war, und gar nicht blinzeln konnte. Aber er hatte es getan. Nur wollte ich das nicht meinem Vater erzählen.

Als ich den ersten versteinerten Stamm erspähte, war der Bär vergessen und ich meinte, das Rauschen von Farnen und Siegelbäumen im Sommerwind zu hören. Ich las die Begleittexte und Vater berichtete, was es zu jener Zeit an Tieren gegeben hatte. Er lachte, weil ich mehrere Minuten jedes einzelne Stück Achat betrachtete und mit meinem angelesenen Wissen verglich.

Nach zwei Stunden streifte sein Blick die Uhr. ,Komm, wir ruhen uns ein bisschen aus und schauen uns den Film vom Vulkanausbruch im Zeisigwald an! Gleich geht es wieder los!'

Wir beeilten uns, um bloß nichts zu verpassen, nahmen Platz, dann waren wir schon ganz im Bann der Geschehnisse auf der Leinwand. Das Grollen des Ausbruchs ließ mich erschauern. Es klang so unglaublich echt und irgendwie ganz anders, als ich es bisher hier im Haus vernommen hatte. Zudem ließ lautes Brummen hinter uns erstaunt die Köpfe heben. Einen Lidschlag später schwirrte ein auffallend großer Käfer vorbei. Verblüfft schauten wir ihm nach und Vater sagte: ‚Der ist bestimmt aus dem Insektarium ausgebüxt.'

‚Oder auch nicht", murmelte ich, an den blinzelnden Grizzly denkend. Ich fasste ängstlich die Hand meines Vaters, denn es wurde plötzlich drückend heiß und roch nach Schwefel.

‚Alles in Ordnung? Der Bär ist ausgestopft, du musst keine Angst vor ihm haben', erklärte Papa, weil ich mich gerade wieder nach dem Raubtier umdrehte. Er schien Hitze und beißenden Gestank gar nicht zu bemerken.

‚Den gab es im Perm ja noch gar nicht', erwiderte ich mit gerunzelter Stirn. ‚Ich habe Angst vor den gigantischen Tausendfüßlern, denn die sind garantiert nicht nur gefräßig, sondern auch giftig.'

‚Keine Sorge, das sind nur Exponate aus Kunststoff', wiegelte Vater ab, als wir wenig später vor einem solchen Tier standen.

‚Da würde ich mich nicht drauf verlassen!', rief ich und konnte Papa gerade noch aus der Gefahrenzone reißen, als sich der Arthropleura plötzlich bewegte, um anzugreifen. Sein Platz im Museum und die ganze Ausstellung waren verschwunden. Wir beiden völlig überraschten Menschen standen auf feuchtem Moos unter Siegelbäumen und rannten wie auf Kommando los, um dem hungrigen Räuber zu entkommen. Der riesige Käfer war ebenfalls wieder da, schwirrte um uns herum und verfolgt uns einige Meter.

‚Weißt du, ob das auch ein Fleischfresser ist?', hauchte ich.

‚Keine Ahnung', flüsterte mein Vater geschockt. ‚Wo sind wir überhaupt?'

Ich fasste einen der Baumstämme an und dozierte mit erhobenem Zeigefinger: ‚Perm. Irgendwas zwischen 298,9 Millionen Jahren und 251,9 Millionen Jahren und wir sind von fressgierigen Bestien umgeben.'"

Wieder huschte ein verstecktes Lächeln um Dr. Krellers Mundwinkel. Ja, das kühle Denken passte zu Frau Tiede.

„'Und wie kommen wir hier wieder weg?', fragte Vater.

'Keine Ahnung', sagte diesmal ich. 'Ich dachte immer, Erwachsene haben für jedes Problem eine Lösung.'

Grollen, das tief aus der Erde zu kommen schien, ließ mich verstummen. Wir mussten uns sogar an Bäumen festhalten, um nicht von den Füßen gerissen zu werden, weil plötzlich der Boden schwankte.

'Auf alle Fälle sind wir zu nah am Vulkan', stellte Papa besorgt fest. 'Was, wenn das Inferno direkt über uns hereinbricht? Wohin sollen wir uns wenden?'

Ihn kroch langsam Panik an, während ich eher neugierig umher spähte. Das war sicher alles Teil einer interaktiven Show und Vater spielte nur den Ratlosen, um meine Reaktionen zu testen. Es hatte doch sogar neulich erst in der Zeitung gestanden, dass das Museum für Naturkunde grandiose Mitmachangebote im Plan hat.

'Dann schlage ich vor, dass wir versuchen, den nächsten Ausstellungsraum zu erreichen', regte ich an, wofür ich verblüffte Blicke meines Vaters erntete. ‚Hast du vorhin nicht selber gesagt, der Bär sei ausgestopft und nicht gefährlich? Dann sind es die Krabbel- und Fliegeviecher ganz bestimmt auch nicht. Das sind Holo ... Holo ... na, eben solche bewegten Bilder, die gar nicht echt sind.‘

‚Du meist Hologramme?‘, staunte mein Vater.

Ich nickte. ‚Genau die! Da springen manchmal Delfine und Wale direkt aus einem Turnhallenboden.‘

Vater hielt mir einen Klumpen Humus unter die Nase. ‚Nur machen die Hologramme weder etwas nass noch hinterlassen sie Erde, und sie riechen auch nicht so eklig, wie die Luft hier.‘

‚Denkst du, das ist echt?!‘, rief ich nun doch etwas erschreckt.

‚Denke ich. Sonst könnten wir ja auch nicht die Bäume anfassen.‘

‚Oh.‘ Ich ließ meine Hand über die schuppige Rinde des Siegelbaumes gleiten. Ja, ich konnte sie wirklich fühlen. Durch ein Trugbild würde ich glatt hindurch fassen. ‚Und was machen wir jetzt?‘

‚Aufpassen, dass uns kein Tier erwischt und nach einem Ausgang suchen‘, schlug Vater vor.

14

‚Wir beide sind doch ein eingespieltes Team und lassen uns nicht unterkriegen.'

‚Geht klar! Wenigstens weiß ich jetzt ganz genau, wie man sich in einem urtümlichen Wald fühlt. Und dass das mit dem Schlendern nicht wirklich funktioniert, weil man sofort auf der Speisekarte von irgendwelchen Ungeheuern steht', stöhnte ich, mit dem Fuß eine Ameise wegkickend, die groß wie ein Hamster der Neuzeit war.

‚Schnell weg, ehe sie die anderen zu Hilfe ruft!' Papa nahm mich auf den Arm und suchte einen Weg durchs Farngewirr. Er bog zwei dünne Stämme auseinander und erstarrte. ‚Du lieber Himmel! Was ist das?!'

‚Ein Edaphosaurus, wie man an dem riesigen Rückensegel erkennen kann', staunte ich, während Papa ganz schnell die Farne losließ und eilig in eine andere Richtung lief. Er wollte sich nicht darauf verlassen, dass das Tier nur Pflanzen fraß. Immerhin war es über zwei Meter lang und konnte sicher auch kräftig zubeißen, wenn es sich bedroht fühlte. Es raschelte im Gebüsch, Papa hielt mir entsetzt den Mund zu und drückte sich an einen Stamm. Die dolchspitzen Reißzähne des fast vier Meter langen Inostrancevia, der an uns vorüber lief, waren sicher nicht dazu gedacht, Pflanzenstängel zu kauen. Das Tier schien aber ein festes Ziel zu haben und ignorierte uns. Als es zwischen den Sigillarien auf der anderen Seite des nahen Baches verschwand, raunte Vater: ‚Was für ein Monster!‘

‚Hat das Fell oder Federn?‘, hauchte ich, von dem urzeitlichen Raubtier völlig fasziniert.

‚Hab nicht darauf geachtet‘, gab Vater wispernd zu, beunruhigt zum anderen Ufer äugend. ‚Wir müssen schleunigst einen sicheren Platz für die Nacht finden, sonst vernascht er uns zum Abendbrot.‘

Ich schaute Papa prüfend an. Er schien sich ernste Sorgen zu machen. Besonders, als es wieder unter unseren Füßen grollte und ein roter Feuerschein durch die Sigillarien leuchtete, gefolgt von Gluthitze, die uns die Luft zum Atmen nahm. Langsam dämmerte es mir, dass hier tatsächlich etwas anderes, als ein interaktives Spiel, lief.

‚Ihm nach!‘, rief ich, als erneut ein dicker Käfer laut brummend vorbeiflog.

‚Warum?‘, staunte mein Vater, während ich verzweifelt an seiner Hand zerrte.

‚Weil wir hier gelandet sind, als so einer im Museum auftauchte!‘, erklärte ich, dem Insekt mit den Augen folgend. ‚Der weiß bestimmt den Weg nach Hause!‘

‚Einen Versuch ist es wert‘, flüsterte Papa, mich wieder auf den Arm nehmend und im Laufschritt dem Käfer nacheilend.‘‘

Diesmal nickte Dr. Kreller deutlich sichtbar. Die absolute Kaltblütigkeit der jungen Geologin war unter Kollegen regelrecht gefürchtet.

„Am Rand des Waldes blieb Vater abrupt stehen, denn der Vulkan erhob sich in gerader Linie wenige hundert Meter vor uns. Entkommen im Fall eines Ausbruchs zwecklos, weil wir beide aus den Aufzeichnungen der Forscher wussten, dass sich ein pyroklastischer Strom zu Tale gewälzt hatte und alles in riesigem Umkreis unter der Glutwolke erstickt und plattgewalzt worden war.

‚Oh nein!‘, hauchten wir zugleich, als der halbe Berg mit einem ohrenbetäubenden Knall in die Luft flog. Die Druckwelle traf uns innerhalb weniger Sekunden, und Vater fiel mit mir im Arm, wie die Baumstämme in großem Rund, einfach um.

‚Haben Sie sich wehgetan?‘

Beide rissen wir die Augen auf und musterten die Frau ungläubig, die uns die Hände reichte, um uns aufzuhelfen.

‚Was ist passiert?‘, fragte Vater völlig orientierungslos, begreifend, dass sie eine Museumsmitarbeiterin sein musste,

‚Sie sind wohl über einen der großen liegenden Baumstämme gestolpert und gestürzt. Nur gut, dass der Kleinen nichts passiert ist.‘

‚Verzeihen Sie bitte, ich werde jetzt bestimmt vorsichtiger sein‘, murmelte Vater und verschwand mit mir im Insektarium, um in Ruhe die völlig chaotischen Gedanken zu ordnen.

‚Ich habe doch gleich gewusst, der Käfer stammt nicht von hier‘, raunte ich verschwörerisch, als wir in jedes Terrarium geschaut hatten.

Vater nickte. Er hockte sich auf die Fersen, um mir direkt in die Augen schauen zu können. ‚Versprich mir, dass alles, was heute geschehen ist, unser Geheimnis bleibt.‘

‚Das schwöre ich, denn das ist so verrückt, dass die uns glatt in die Klapsmühle stecken würden‘, kicherte ich. ‚Und da will ich ganz bestimmt nicht hin. Der Urwald im Perm hat mir gereicht.‘

Vater schüttelte schmunzelnd den Kopf. Er wunderte sich nicht einmal, als ich dem riesigen Grizzly ein vergnügtes Lächeln schenkte, und rief: ‚Mach es gut, Teddy, lass dich nicht vom Inostrancevia anknabbern!'

Die Dame am Ausgang lachte. ‚Hat wohl Spaß gemacht, stundenlang auf den Spuren des Perms zu wandern?'

‚Oh ja, riesengroßen', erklärten wir. ‚Die Ausstellung ist wundervoll, wir hatten glatt das Gefühl, mitten in diese Welt einzutauchen.'

‚Und wir hatten Schiss', brummte Vater auf der Treppe, einen winzigen frischen Bärlappzweig aus meinem Zopf klaubend.

‚Was wird wohl nachts erst hier, im Museum für Naturkunde, los sein?', überlegte ich laut.

‚Hör bloß auf! Das will ich nun wirklich nicht wissen!', schüttelte sich mein Vater.

Ich kicherte vergnügt.

‚Wohin gehen wir nächstes Wochenende?', fragte Papa, als wir am smac, dem Staatlichen Museum für Archäologie Chemnitz, vorbeifuhren.

‚Nicht da rein!', protestierte ich. ‚Zumindest nicht sofort. Sonst erwischt uns vielleicht der

Henker! Da drinnen soll nämlich dessen Schwert liegen!'

Vater blinzelte. ‚Akzeptiert. Hast ja nicht ganz unrecht. Ich muss auch erst mal verarbeiten, was wir heute gesehen haben.' Er hatte sich den Satz: Was heute geschehen ist, ziemlich mühsam verkniffen.“

Hanna atmete tief durch und beendete ihren Bericht. „Was sehen Sie in dem Geschehen?“

Gegensätze ziehen sich an

„Ich gebe ungern zu, dass ich fasziniert bin“, brummte Dr. Kreller. „Ihre Gedankengänge bezüglich des Verschwindens des Botanikers reizen mich in der Tat, einen Beweis zu finden. Sie haben doch sicher auch schon weitergehende Vorstellungen.“

„Wenn es Ihren Planungen nicht im Wege steht, möchte ich am Ersten des kommenden Monats mit der Wanderung beginnen. Eine Liste lebenswichtiger Dinge mit genauem Gewicht kann ich Ihnen digital übertragen. Einiges werden wir pro Person mitführen müssen, anderes untereinander aufteilen, wie Zelt und Kochutensilien. Sämtliche Kosten, welche direkt mit der Wanderung zu tun haben, übernehme ich.

Mein Vater wird uns mit dem Auto zum Ausgangpunkt der Exkursion bringen und am Ende vom Zielort wieder abholen, so uns nicht die Zeit verschlingt. Falls Sie aus dem Projekt aussteigen möchten, geben Sie mir bis einen Tag vor Abreisedatum Bescheid.“

Barny winkte ab. „Das wird nicht geschehen. Ihre Herangehensweise an undefinierbare Vorgänge interessiert mich.“ In Gedanken setzte er hinzu: *„Darauf, dass ich den Schwanz einkneife, wür-*

den 99 Prozent der Belegschaft des Instituts geradezu warten, um mir beruflich den Hals umzudrehen."

„Dass Sie nie ein gegebenes Wort brechen, ist ein weiterer Punkt, der Sie in meinen Fokus gerückt hat", verriet Hanna, sich erhebend.

„Ich sehe mir heute noch die Listen an und melde mich morgen telefonisch", versprach Barny, Hanna bis an die Tür geleitend.

Dann schaute er sich noch einmal die Aufzeichnung des letzten Interviews an, das Hanna gegeben hatte. Er zoomte die Gesichter auf, um das Mienenspiel zu analysieren. Kühle Beherrschung. Doch irgendetwas musste geschehen sein, sonst hätte sich Hanna heute nicht in dieser Weise offenbart. Also durchforstete er sämtliche private Videos von der Pressekonferenz, die in den Kanälen des Instituts kursierten.

Er wurde fündig. Ihn machte genau das stutzig, was auch Hannas Vater bemerkt hatte: Die Reporterin stellte weitere Fragen, obwohl sie nicht mehr auf Sendung waren. Hannas Gesicht war nur im Profil zu sehen, er glaubte aber, ein unwilliges Zucken der Wangenmuskeln zu erkennen, nachdem er es mehrfach auf dem großen Plasmabildschirm, der fast die gesamte Bürowand einnahm, in einzelne Sequenzen zerlegt hatte.

Den Einsatzaufzeichnungen des Instituts entnahm er, dass sich Hanna freiwillig zur Datenauswertung gemeldet, sonst aber nichts mit dem Einsatz zu tun gehabt hatte, weil ausschließlich botanische und zoologische Erhebungen auf dem Plan standen.

Wieder musste Barny schmunzeln, denn sie kannte sich genau so gut in der Tier- und Pflanzenwelt aus. Sie hatte bereits mehrere Ausgrabungen geleitet. „Dass ich wegen einer Frau mehrfach ins Lächeln gerate, ist neu", murmelte er halblaut und ziemlich belustigt.

„Und?", fragte Peter Tiede seine Tochter.

„Du kannst das Auto flott machen."

Tiede schaute genau so verblüfft sein Handy an, wie vorher Barny Kreller.

„Bist du noch da?", fragte Hanna.

„Ja, mir fehlen nur die Worte", flüsterte Vater.

Hanna lachte herzlich. „Ging Dr. Kreller genau so. Ich war wohl die Letzte, mit der er gerechnet hätte, ihn um Hilfe zu bitten. Er ist elektrisiert, möchte ich es nennen."

„Und ich habe gehofft, dass er dir den Plan ausredet", gab ihr Vater leise zu. „Was, wenn ihr auch im Nirgendwo verschwindet?"

„Es ist das Risiko eines jeden Forschers, auf dem Feld der Wissenschaft sein Leben zu verlieren."

„Na prima! Du kannst einem ja richtig Mut machen!", schnaufte Tiede.

Hanna wiegte den Kopf. „Als ich auf dem Pinatubo im Einsatz war, hast du doch auch nicht interveniert, und der hätte buchstäblich jeden Augenblick hochgehen können."

Ihr Vater hob die Hände. „Mir steckt die völlige Verzweiflung, die ich bei unserem unfreiwilligen Abenteuer gespürt habe, noch immer in den Knochen. Ich habe mich in meinem ganzen Leben nie hilfloser gefühlt."

„Dann verstehst du ja auch, wie sich der verschwundene Botaniker fühlen wird, falls er einem Zeitsprung zum Opfer gefallen ist", murmelte Hanna. „Ich will keine Rettungsmission starten. Ich möchte einfach nur einen Beweis für Zeit- und Raum-Anomalien erbringen, praktisch wissenschaftlich aufarbeiten, was uns damals passiert ist. Wenn wir Andreas durch einen Zufall finden würden, wäre es natürlich die Krönung des Ganzen."

Pünktlich 21 Uhr meldete sich Barny per Videoanruf bei Hanna. „Ich habe mir die Route des Botanikers, bis der Tracker ausfiel, sowohl digital als auch in Papierform geben lassen", sagte er gleich nach der Begrüßung.

„Hervorragend!", freute sich Hanna.

„Und ich sende Ihnen gerade die gesplittete Liste jener Dinge, die ich transportieren werde."

Hanna stutzte, weil er nicht das Wort tragen verwendete. Noch mehr staunte sie, dass er ausnahmslos alle schweren Gegenstände übernehmen wollte.

„Ja, ich weiß, dass Sie jetzt grübeln. Da wir nicht bergsteigen wollen, habe ich ein kleines Gadget in petto, das besonders gut funktionieren dürfte, weil laut Wettervorhersagen im Gebirge die Sonne nur so strahlen soll."

„Sie sprechen in Rätseln, Herr Doktor."

Barny lachte. „Bleiben Sie schön neugierig."

Hanna beschloss, genau das zu tun, denn Dr. Kreller ließ sich nie in die Karten schauen. Ein Grund, aus dem jeder nur notgedrungen mit ihm zusammenarbeiten mochte. Sein Erscheinungsbild und seine Wirkung auf andere waren schnell zu beschreiben. Umwerfendes Aussehen, als sei er der dritte Bruder von Chris Hemsworth, ausgestattet mit dem gnadenlosen Zynismus eines Klaus Kinski.

Hanna schmunzelte. Sie war hinter den Kulissen von der letzten Reporterin gefragt worden, wie sie es schaffe, all die Leute zu ignorieren, die ihr den Erfolg neideten. Sie hatte geantwortet: Ich begebe mich an solchen Tagen in den mentalen Zustand eines Sitzmöbels. Das muss mit jedem Arsch klarkommen, ob es will oder nicht. Ihr großes Plus, bei jedweder Unternehmung.

Dr. Kreller hatte eine Zeitlang am CERN Projekt nahe Genf geforscht. Das Protonen-Synchrotron, das noch heute als Vorbeschleuniger fungiert, war sein Hauptprojekt gewesen. Kein Wunder, dass Barny buchstäblich mit allen physikalischen Wassern gewaschen war. Man kannte ihn genau genommen nur in weißer Vollschutzkluft oder akkurat im dunklen Maßanzug mit Schlips und Kragen. Mal abwarten, für welche der beiden Varianten er sich für die mehrtägige Wanderung entscheiden werde, huschte es amüsiert durch Hannas Gedanken.

Als er im Morgengrauen des Abreisetages vor seinem Haus aus dem Hoftor trat, begann Vater Tiede schallend zu lachen und im nächsten Augenblick fielen Hanna und Barny ein. Er trug, genau wie Hanna, khakifarbene Bermudas, ein dunkelgraues T-Shirt und gleichfarbene Turnschuhe. Am Rucksack baumelten, genau wie bei ihr, feste Bergschuhe. Und wie bei ihr waren nicht unbedeutende Muskeln zu sehen, was sie sehr überraschte. Hinter seiner arroganten Fassade schien einiges mehr zu stecken, wie auch der Kaffee im Büro hatte vermuten lassen.

„Na, wenn das kein Zeichen ist!", grinste er breit, Hanna und ihren Vater begrüßend. Rasch war sein Gepäck im SUV verstaut, er enterte die Rückbank.

Peter Tiede programmierte das Navi auf die beste Strecke. „Rund viereinhalb Stunden", gab er bekannt. „Es wäre nicht sinnvoll, wegen einer Viertelstunde die Route über Pilsen zu nehmen."

„Richtig", bestätigte Barny. „Sie sind der Fahrer, der das Sagen hat. Ist es eine vermessene Bitte, unterwegs etwas mehr über Hannas Vulkan-Faible zu erfahren?"

„Ganz und gar nicht", schmunzelte die. „Ich beginne am besten einen Tag vor jenem Ereignis, das letztendlich zu dieser Reise hier geführt hat. Es war mein Geburtstag gewesen, mit gemütlichem Kaffeetrinken und Kuchenessen.

Als sich die anderen unterhielten, ging Opa mit mir in die Küche. ,Wir basteln jetzt einen

Vulkan', sagte er blinzelnd, worauf wir gemeinsam einen kleinen Feuerberg aus härtbarer Knetmasse formten.

,Warum machst du den unten zu?', fragte ich. ,Der kann doch auch so stehen.'

Opa blinzelte. ,Du wirst es schnell herausfinden.'

Wir brannten das kleine Kunstwerk in der Backröhre und als es ausgekühlt war, flüsterte Großvater geheimnisvoll: ,So, jetzt lassen wir ihn ausbrechen.'

,Ich dachte, das machen die nur, wenn sie glühen', staunte ich.

Opa winkte lachend ab. ,Dann zieht uns deine Mutter die Ohren lang. Wir wollen doch nur ein bisschen Spaß haben.'

Er stellte den Vulkan auf einen großen Teller, füllte zwei Tüten Backpulver in den Schlot, mischte in einem Glas Wasser und Essig mit reichlich roter Lebensmittelfarbe. Zuletzt kam ein Schuss Spülmittel in das Gebräu. Er goss die Lösung rasch zum Backpulver in den Schlot, in welchem es sofort heftig zu rumoren begann. Einen Wimpernschlag später quoll es feuerrot aus dem Krater, eben wie ein richtiger Lavastrom aussieht, floss die Hänge hinab und sammelt sich auf dem Teller.

Ich klatschte mit strahlenden Augen Beifall. Deshalb also musste der Vulkan unten zu sein, damit die Zutaten miteinander reagieren konnten und nach oben, statt nach unten abflossen!"

„Typisch Frau Geologin im Kleinformat", grinste Barny. „Wenn Sie schon als Kind derartige Gedankengänge hegten, wo andere im gleichen Alter einfach nur mit offenem Mund staunen, wundert mich gar nichts mehr."

Vater und Tochter grinsten zurück und Peter Tiede erklärte: „Ich habe Hanna schon mit auf Tour genommen, als sie noch im Buggy saß. Wo andere Mädchen mit Puppen spielen, stapelten sich in ihrem Kinderzimmer die Experimentierkästen und schließlich die Mineraliensammlungen."

„Und Letzteres ging, ohne einen Statiker zu Rate ziehen zu müssen?", feixte Barny.

„Nicht wirklich", lachte Vater Tiede. „Einmal ist das ganze Regal zusammengebrochen, sodass wir alles im Keller in Stahlregale verfrachtet haben. Mutter hatte einen halben Nervenzusammenbruch, wo wir beide nur mit den Schultern gezuckt haben."

„Was hast du ihr diesmal erzählt, wohin du mich bringst?", kicherte Hanna.

„In den Wanderurlaub", gab Peter im Brustton der Überzeugung bekannt. „Sie wird ja hinter der Gardine gelauert haben und beim Anblick des Rucksacks dürfte sie beruhigt gewesen sein."

„Ich habe eine große Einliegerwohnung im Haus meiner Eltern inne", gab Hanna erklärend für Barny bekannt. „Ich bin ja doch mehr in der Welt unterwegs als daheim. Am liebsten natürlich da, wo es schön warm ist. Man zieht mich hin und wieder bei Ausgrabungen in Ägypten zu Rate. Wenn die Grabungskonzessionen der Archäologen ausgelaufen sind, kann ich oft vor Ort bleiben und den Boden für die Weiterarbeit im nächsten Jahr analysieren."

„Das gestattet die Altertümerbehörde?!", staunte Barny.

„Kommt drauf an, als was man es deklariert", schränkte Hanna ein. „Ich bin da sehr kreativ, zumal es allgemein bekannt ist, dass ich an den Artefakten selber keinerlei Interesse habe, an den Fundorten umso mehr, und daran, warum unter welchen Bedingungen etwas besonders gut erhalten blieb."

„Wie ist Ihre Meinung zum Thema große Pyramiden?", fragte Barny.

„Zu allererst bin ich von den Bauwerken fasziniert, wie wohl die meisten Menschen. Ich halte weder die Maße der Großen Pyramide für Zufall noch die Anordnung aller Gebäude auf dem ganzen Areal. Zudem warte ich auf jenen Tag, an dem der versiegelte Schacht geöffnet wird. Da heiße ich mit zweitem Vornamen glatt Neugier. Wer weiß, ob es zu unseren Lebzeiten überhaupt noch geschehen wird. Ansonsten mache ich mir Gedanken in verschiedene Richtungen, wie man mit Bronzewerkzeugen extrem große und feste Blöcke innen und außen derart exakt bearbeitet haben soll. Vor allem in einem Zeitfenster, das wir heute kaum für kleinere Gebäude einhalten können."

„Außerirdische?"

„Warum nicht? Nur weil wir heute nicht durch die Zeit und durchs Universum reisen können, muss man es anderen Lebensformen nicht absprechen. Das wäre genau so albern, als behauptete man, es könne niemals ein Mensch auf den Händen gehen, nur weil man es selber nicht gebacken bekommt."

„Von deinen Versuchen, altrömischen Beton nachzumischen, als du kaum über die Tischkante schauen konntest, muss ich jetzt nicht erzählen?", witzelte Vater Peter.

Hanna winkte kichernd ab. Barny grinste sich eins. Nach fast drei Stunden machten sie eine Toiletten- und Kaffeepause.

„Einzeln an die Kasse ran treten, damit alle Bons angenommen werden!", schlug Barny in lustigem Befehlston vor, wobei er den Rest jeder Tasse Kaffee bezahlte. „So viel Spaß muss sein. Die brauchen hier gar nicht die Augen zu verdrehen, wenn sich eine zehnköpfige Familie in Einzelindividuen anstellt. Früher ging es doch auch, alle Bons auf einmal einzulösen. Pech für jene, die pünktlich ihre Reisebusse erwischen müssen. Man kann nur in der Praxis demonstrieren, dass die Theorie Unfug ist."

„So übel scheint er gar nicht zu sein", überlegte Peter, als es auch Hanna wieder durch den Kopf huschte. Die gute Laune wirkte keinesfalls aufgesetzt. Dass er sehr viel mehr konnte, als vom Schreibtisch aus Arbeiten auf andere zu dirigieren, ließen die Muskeln ahnen. Nach Anabolika sahen die nicht aus, zumal er das schwere Gepäck scheinbar mühelos in den Kofferraum

gehoben hatte. So wie er es anderthalb Stunden später auch wieder heraus nahm.

„Ich fahre sofort zurück", gab Vater Tiede bekannt, sich herzlich von beiden verabschiedend. „Passen Sie gut aufeinander auf", bat er.

„Wird gemacht!", bekam er wie aus einem Mund zur Antwort und startete vergnügt schmunzelnd den Motor.

Auf den Pfaden des Botanikers

Die beiden Wissenschaftler trugen das Marschgepäck auf die Wiese neben dem Parkplatz und begannen, die Utensilien aufzuteilen.

„Wollen Sie wirklich so viel schleppen?", staunte Hanna.

Dr. Kreller lächelte breit. „Erstens: Bitte Barny und du, falls ich Sie auch duzen darf. Zweitens: Ich hatte doch ein nettes Gadget versprochen, das sehr hilfreich sein wird."

Hanna atmete tief durch. „Erstens: okay. Zweitens: Neugier pur."

„Prima." Barny zog einen dünnen, aber sehr festen Sack aus der Seitentasche des Rucksacks, von dem er unten gleich noch ein ganzes Fach abnahm. Aus dem kamen zwei Räder, ein Teleskopstab, Gurtwerk und eine Solarzelle zum Vorschein.

Hanna bekam mühlradgroße Augen. Inzwischen klippte Barny alles zu einem Ganzen zusammen, packte Zelt, Kochgeschirr, Klappstühle und sein Werkzeug hinein, schnallte sich den Gurt um die Hüften, der mittels des Stabes den fahrbaren Sack hielt und huckte seinen Rucksack auf. „Kann losgehen!"

Kopfschüttelnd folgte ihm Hanna, immer noch ungläubig das ungewöhnliche Gefährt beäugend.

„Ich muss ihn nur führen, alles andere macht er von allein", erklärte Barny grinsend. „Warum sollen wir wie die Lastesel schleppen, wenn es auch so geht?"

„Ich bin beeindruckt", murmelte Hanna. „Ich habe zwar davon gelesen, dass man an solchen Geräten tüftelt, ahnte aber nicht, dass es sie schon als Prototypen gibt."

„Das ist eine Art Feuertaufe", verriet Barny. „Erst wenn die wirklich erfolgreich ist, will man sie dem Militär anbieten."

„War ja klar, dass der Normalbürger wieder außen vor bleibt", seufzte Hanna.

„Das zu ändern, steht selten in der Macht der jeweiligen Patentinhaber. Wir sind auf finanzkräftige Sponsoren angewiesen."

„Verstehe ich", erwiderte Hanna, den ersten festen Messpunkt ansteuernd.

Sie nahmen die meteorologischen Daten, berührten aber auch einige Bäume mit den Händen und sammelten je ein Blatt ein, wie es die beiden anderen Wissenschaftler ebenfalls getan hatten. Barny behielt GPS-Daten und genaue Zeiten im Auge, Hanna die umliegenden Berghänge. Am späten Nachmittag erreichten sie den letzten Messpunkt, wo die beiden Männer übernachtet haben mussten.

„Da drüben sieht es gut aus." Hanna checkte die Windrichtung und deutete auf einige dicht beieinander wachsende Bäume, hinter denen der kleine Bach murmelte.

„Bauen wir auf!" Barny schnallte seinen Buggy ab.

Dass er nicht zum ersten Mal ein Zelt aufbaute, war Hanna augenblicklich klar. Schnell lagen Isomatten und Schlafsäcke bereit, Hanna holte Wasser aus dem Bach. Sie ließ es mehrere Minuten sieden, ehe sie es zum Gebrauch freigab.

Barny untersuchte das zusammengerollte Carbonbündel, das Hanna jetzt als kleine Tischplatte aufrollte, um es zwischen die ultraleichten Klappstühle zu klippen. „Schau an! Ich bin also nicht der Einzige, der mit hightech aufwartet", blinzelte er.

Hanna lachte vergnügt, einen Beutel Nahrungsmittelkonzentrat in einem Topf auflösend.

„Wow, riecht echt lecker nach Gemüse", staunte Barny. Er weichte, wie sie, darin das ungewürzte Schüttelbrot ein, welches sie ihm reichte. Nach dem Abend-Tee kramte er im Buggy. „Hmm, wo ist sie hin? Merkwürdig. Ah ... da ist sie ja!" Er hielt eine Flasche Champagner hoch. „Lauwarmer Schlummertrunk aus Bechern gefällig?"

„Gern", kicherte Hanna, wie er nach dem Thermobecher fassend.

Barny öffnete die Flasche gekonnt. „Es wäre Sünde gewesen, unsere Salzvorräte als Kühlmittel zu benutzen und im Bach wollte ich sie nicht versenken, aus Furcht vor einem Totalverlust."

„Macht nichts!" Hanna stieß schmunzelnd mit ihm auf alle möglichen und unmöglichen Erfolge an.

Es war ein ausnehmend luxuriöser Tropfen, den Barny ausgeschenkt hatte. Bei angeregter Unterhaltung füllte er die Gläser noch einmal nach. „Den letzten verzeichneten Müllbehälter erreichen wir morgen", überlegte er mit Blick auf die Wanderkarte. „Füllen wir den Rest eben heute noch um. Ach herrje! Jetzt hätte ich fast vergessen, meine Uhr aufzuziehen!"

„Du bist komplett auf einen Zeitsprung einge-richtet", stellte Hanna erfreut fest.

„Ja. Elektronische Systeme könnten ausfallen. Die gute alte mechanische Uhr mit eingebautem Kompass wird sicher funktionieren."

„Dir steht wohl reichlich Insiderwissen zur Verfügung."

Barny schüttelte den Kopf. „Es ist nicht nur eine Phrase, wenn ich sage, darüber streiten sich die Gelehrten. Das ist ein bisschen wie ein Dis-put mit Flacherdlern."

Hanna begann zu lachen. „Kennst du das Bild von der Wasserschildkröte mit dem dicken Moospolster auf dem Rücken?"

„So etwas habe ich sogar selber einmal foto-grafiert", erzählte Barny amüsiert grinsend. „Es nimmt im Maß zwei mal drei Meter hochglanz-veredelt fast meine ganze Küchenwand ein und trägt die Aufschrift: Ich wusste schon immer, dass die Erde eine Scheibe ist."

„Freut mich aufrichtig, dich wirklich kennen-lernen zu dürfen", gab Hanna lächelnd zu.

Barny blinzelte verschwörerisch. „Das beruht auf Gegenseitigkeit. Ich glaube aber, es ist höchste Zeit, am Schlafsack zu horchen." Er löschte das Licht. „Gute Nacht!"

„Gute Nacht!"

Als am Morgen Barnys Handy-Wecker klingelte, hatte Hanna alles fürs Frühstück vorbereitet. Auch Wasser hatte sie schon geholt. Er verschwand für dringende Bedürfnisse zwischen den Büschen fernab vom Zelt und begab sich danach zur flachen Böschung direkt hinterm Übernachtungsplatz für die Morgenwäsche.

Erstaunt und sehr angetan vom Anblick, der ihn erwartete, pfiff er durch die Zähne. Hanna stand im Eva-Kostüm mitten im knietiefen Bach, schöpfte mit beiden Händen Wasser, das sie über ihren Körper rinnen ließ. „*Was für ein Prachtexemplar!*"

„Guten Morgen! Ich beiße nicht!", rief Hanna belustigt zum Ufer, weil er wie angewurzelt stehen blieb.

„Versprochen?!", fragte Barny genüsslich in sich hinein grinsend.

„Versprochen!"

Barny streifte ebenfalls die Kleidung ab, wobei er ziemlich Mühe hatte, seine Begeisterung an einer Stelle zu verbergen, die sich sehr angesprochen fühlte. Wenn der zweite Tag gleich so begann ... zumal aus der Nähe betrachtet noch erregender auf ihn wirkte, was ihn aus der Ferne schon begeistert hatte.

Hanna hatte es durchaus und mit einem wohligen Schauer, der ihr über den Rücken lief, bemerkt, obwohl sie völlig unbefangen agierte.

Barny hoffte inständig, am nächsten Übernachtungsplatz eine ähnliche Badestelle im Bach zu finden. Um sie nicht ständig mit den Augen zu verschlingen, kehrte er mit ihr gemeinsam ans Ufer zurück.

„Heute ist der Tag von Tims Beinbruch. Sei bitte besonders vorsichtig, wenn du ins Unterholz gehst, um Blätter zu sammeln", sagte er eindringlich, wobei er Hanna sogar am Handgelenk fasste und ihr besorgt in die Augen sah.

Hanna nickte ernst. „Du, sei bitte genau so aufmerksam, bei allem, was du tust. Okay?"

„Ich verspreche es."

Sie packten zusammen und zogen los.

„Das ist das Geröllfeld, wo es passiert ist!", rief Hanna, auf die Schneise eines Bergsturzes deutend. „Er hat Blätter von den beiden Bäumen eingesammelt, die verschont worden sind. Den Protokollen nach, ist er von Stein zu Stein gesprungen."

„Optisch bietet sich das ja auch regelrecht an", brummte Barny.

„Ich werde es ganz bestimmt nicht tun." Hanna zog die Bergschuhe an.

Barny atmete erst auf, als sie unversehrt direkt neben ihm stand.

„Ziemlich unangenehm, im lockeren Geröll zu versinken. Da wäre ich, ohne das Wissen um Tim, wohl auch von Block zu Block gesprungen."

„Von jetzt an wird es Freestyle, denn wir wissen nur wann und wo Andreas gerastet, nicht was er auf den Etappen getan hat", sagte Barny mit düster zusammengezogenen Augenbrauen. „Wobei mir die nächsten zwei Tage noch wenig Kopfzerbrechen machen. Ab dem dritten Tag werden wir beide uns gleich morgens dauerhaft mit einem Seil verbinden", legte er in einem Tonfall fest, der keine Widerrede duldete.

„Geht klar." Hanna nickte heftig.

„Auch, wenn du mich jetzt womöglich für einen Spinner hältst – ich habe ein mieses Gefühl. Ja, fast schon Vorahnungen."

Auf Hannas Armen bildete sich eine dicke Gänsehaut, die gar nicht zur sommerlichen Hitze passte.

Eine kleine Stärkung, ein paar Schlucke Tee aus den Thermosflaschen, dann wanderten sie weiter.

„Der Felsrutsch muss neu sein." Hanna beschattete die Augen mit der Hand. Das Basecap trug sie, weil ihr die Sonne regelrecht den Nacken versengt hatte, mit dem Schild nach hinten, um besser geschützt zu sein.

Barny schaute auf die Karten. „Ist tatsächlich nicht verzeichnet."

Hanna atmete tief durch.

„Kommt jetzt die Geologin durch?", witzelte Barny.

Zustimmendes Brummen.

Ein Blick auf die Uhr. „Wir liegen gut im Rennen, was aber nicht heißt, dass ich dich da rüber kraxeln lasse. Onkel Barny hat ein Spielzeug im Rucksack, das fast noch besser als Experimentierkästen ist."

Hanna begann schallend zu lachen. „Dann lass uns spielen!"

Sein Blick sprach Bände. Hanna überlief wieder dieser wohlige Schauer, denn welcher Art Spiele ihm im Kopf herum spukten, war kaum zu übersehen. „Überlegst du gerade, was du gern als Belohnung hättest?", blinzelte sie.

Barny wurde feuerrot, was ihm sicher im ganzen Leben noch nicht geschehen war. „Du schürst ein verdammt heißes Feuer", stellte er dann fast flüsternd fest.

Sie schaute ihm tief in die Augen. „Du weißt, dass dazu zwei gehören, damit es so zu knistern beginnt."

Er verengte die Augen zu Schlitzen. „Ich werde heute Abend testen, was ich mir als Belohnung holen kann." Dann zauberte er aus dem Rucksack zu Hannas größter Überraschung eine Hardbox mit einer winzigen Drohne hervor. Das fliegende Auge steuerte er in der nächsten Viertelstunde kreuz und quer über das Geröll. Mal höher, mal tiefer und manchmal über einer Stelle verharrend, die Hanna besonders interessierte.

Das Zelt bauten sie am späten Nachmittag direkt am Bach auf, wo ein ziemlich großer ebener Platz nur auf sie zu warten schien. Sie bereiteten auch gleich das Abendessen zu, wohl wissend, wie der Tag enden werde.

Hanna deutete nur mit den Augen auf das Bächlein und begann sich auszuziehen. Barny zuckte mit einem Augenlid, rasch ebenfalls aus seiner Kleidung schlüpfend. Die letzten Lichtfinger der untergehenden Sonne wanderten soeben über Hannas Körper, die mitten im Bachbett stand und vergoldeten die Wassertropfen auf ihrer Haut. Barny genoss Hannas tastenden Blick besonders da, wo er seiner Vorfreude diesmal freien Lauf lassen konnte. Er hatte sie gerade erreicht, als die Sonne endgültig hinterm Grat des Gebirgszuges verschwand.

„Ist besser, ins Zelt zu gehen", wisperte er ihr ins Ohr, „nicht, dass es doch noch Knochenbrüche gibt."

Er nahm sie auf die Arme und trug sie aufs Trockene. Sicherte das Zelt von innen und versank im nächsten Augenblick mit ihr in einem Sinnesrausch, den er nicht mal im Traum für möglich gehalten hätte.

Entsprechend chaotisch sah das Zelt am nächsten Morgen aus. Hanna schlängelte sich in seinen Armen, was nicht ohne Wirkung blieb. Der Tag begann, wie der Abend geendet hatte.

„Das schreit nach Wiederholung", raunte Barny. „Nur etwas gemäßigter im öffentlichen Raum. Nicht, dass wir wegen Erregen öffentlichen Ärgernisses eine Anzeige bekommen."

Mit fliegenden Fingern zogen sie sich an, weil der Lärmpegel eine größere Wandergruppe im Anmarsch verriet.

Als die Wanderer am Zelt vorbei kamen, saßen beide mit ihren Teetassen züchtig vorm Eingang und frühstückten.

„Wiederholen und Erregen finde ich faszinierend", wisperte Hanna mit breitem genüsslichen Lächeln.

„Ich auch", gab Barny nur zu gerne zu. Es war lange her, dass er solch einen Genuss beim Sex verspürt hatte.

Auf den folgenden Kilometern wurden sie immer wieder wegen des Buggys angesprochen und Hanna sagte schließlich: „Ich hätte Andreas in dem völlig überlaufenen Terrain auch mit gutem Gewissen allein weiterzählen lassen."

„Ich ebenfalls", gab Barny bekannt. „Man findet ja nicht mal einen Platz im Schatten, um in Ruhe essen zu können."

„Gibt es eine Challenge, von der wir wissen sollten?", murmelte Hanna am späten Abend verwundert, weil immer noch Wanderer unterwegs waren.

Zwei stellten sogar direkt neben ihnen ihre Einmannzelte auf.

Barny schloss für einen Moment die Augen. „Unter den Umständen kann ich dich wohl erst morgen wieder richtig glücklich machen."

Das hielt beide aber nicht davon ab, spät in der Nacht rasche Erfüllung im Stillen zu finden, als aus den kleinen Zelten lautes Schnarchen ertönte.

„Danke für den Hinweis", grinste Barny, als sie sich zum Schlafen zusammen kuschelten, Hanna lächelte vergnügt.

Zeitsprung

Das Frühstück genossen sie ganz entspannt, denn die anderen schnarchten noch selig. Schon beim Zusammenpacken forderte Barny: „Ab sofort kein Schritt mehr ohne mich." Er schlang sich das Bergsteigerseil um den Bauch und knotete das andere Ende Hanna um. Das zusammengerollte Mittelstück legte er auf den Buggy, um es nicht tragen zu müssen. Vier Meter sollten für den Normalfall reichen. „Ich könnte es nicht ertragen, geschähe dir etwas."

Hanns Blick war wohl eine Spur skeptischer, als sie ahnte, denn er blieb noch einmal stehen, zog sie an seine Brust und sagte mit fester Stimme: „Du bedeutest mir mehr als ein Urlaubsflirt."

Hanna schloss die Augen und schmiegte sich fest an.

„Deswegen werden wir schön aufeinander achten." Barny zupfte am Seil.

Sie steuerten mehrere Messpunkte an, sammelten Blätter, bis Hanna auf ein Mal sagte: „Fällt dir irgendwas auf?"

Barny schaute vom Display auf und sich gleichzeitig um. „Es ist erstaunlich ruhig auf dem Weg und drumherum."

Hanna nickte. „Wir haben seit mindestens zwei Stunden keine Wanderer mehr gesehen. Genau wie wir hier keinerlei Vögel hören. Nicht einen einzigen Schmetterling oder Käfer habe ich seit dem letzten Stopp entdeckt."

„Zudem steht die Luft wie eine Wand. Kein Windhauch, kein sich bewegendes Blatt oder Grashälmchen", fügte Barny beunruhigt hinzu, noch einmal die GPS-Daten checkend. „Wir sind aber auf dem richtigen Weg. In rund 400 Metern kommt dann die Kreuzung, wo wir geradeaus weitergehen müssen. Links und rechts zweigen die Wege fast im rechten Winkel zu den Seitentälern ab."

„Dort wird es dann richtig interessant. Genau auf der Kreuzung verliert sich Andreas' Spur." Hanna tippte auf den Punkt des letzten Signals, das von seinem Tracker gesendet wurde.

„Mehr Leute werden aber nicht vermisst?", fragte Barny. Gleich selber einige Suchmaschinen beauftragend.

Hanna schaute mit aufs Display. „Alles unauffällig."

„Und ich habe gerade wieder dieses Gefühl, das sich immer regt, bevor ein Experiment richtig in die Hose geht", gab Barny bekannt.

Hanna kontrollierte sofort die Knoten am Seil. „Ein bisschen mulmig wird mir jetzt schon."

„Willst du umkehren?"

„Das habe ich nicht vor. Möglich, dass ein Erdbeben die Tiere fliehen lassen hat, welches wir nicht einmal gespürt haben. Eine Zwei verschläft man schon mal oder merkt es auch im Wachzustand nicht. Ein Unwetter kann es nicht gewesen sein, das hätten wir gemeldet bekommen."

„Ich kneife auch nicht. Erstens bin ich viel zu neugierig. Zweitens habe ich Angst um dich. Drittens sind wir beide in der Lage, Theorie und Praxis zu verbinden. Soll heißen, dass wir passable Lösungen für Probleme finden dürften."

Sie füllten am Bach noch einmal alle Wasserbehälter randvoll auf, ehe sie sich zielstrebig der Kreuzung näherten. Hanna trabte auf dem Weg geradeaus weiter, als es äußerst heftig am Seil ruckte. Sie wollte Barny nach dem Grund fragen, nur war da kein Barny. Weder neben ihr, noch vor ihr und schon gar nicht dahinter! Das Seil endete im Nirgendwo.

„Barny? Barny?!", rief sie beunruhigt.

„Was ist los?", kam verständnislos zurück.

„Wo bist du?"

„Wie meinst du das, ich stehe doch genau neben dir."

„Ich kann dich nicht sehen!" Hanna griff in alle Richtungen in die Luft.

„Offenbar haben wir das Tor gefunden, das du vermutest", kam es rechts zufrieden von Barny. „Nicht erschrecken, ich ziehe dich zu mir herüber."

Es ruckte erneut, Hanna taumelte zwei Schritte und landete direkt in Barnys Armen. „Puh! Da ging mir der Hintern echt auf Grundeis!"

„Du konntest mich wirklich nicht sehen?"

Hanna schüttelte wild den Kopf.

„Bleib hier stehen, ich gehe zwei Schritte da hin, wo du warst." Wimpernschläge später rief er: „Stimmt, ich kann dich auch nicht sehen. Versuche, deinen Standort 360 Grad Weitwinkel zu filmen."

„Geht klar!" Hanna drehte sich langsam und besonders vorsichtig, wobei sie das Seil weiterrückte, um es nicht einzurollen. „Hab es!"

„Zieh mich raus!"

Zwei Sekunden später stand Barny wieder neben ihr. Gemeinsam schauten sie das Video an.

„Ach, sieh mal da!", rief Hanna. „Mit bloßem Auge nicht zu sehen, aber durch Technik – eine Vierergabelung voraus!"

„Und wir wissen nicht, welchen der Wege Andreas Winkler genommen haben könnte, weil er das Verhängnis nicht ahnen konnte", murmelte Barny. „Gehen wir rein?"

„Machen wir. Es sah ja aus, wie hier, die Luft atmete sich genau so. Wir geben nur vorher die Daten und einen mündlichen Bericht an meinen Vater und die Computer zu Hause weiter." Hanna schickte das Video an die entsprechenden Adressen, dann rief sie ihren Vater an. „Schneide das Gespräch mit und speichere es gut. Es könnte einmal wichtig werden", bat sie, ehe sie detailliert über die entdeckte Anomalie berichtete. Hin und wieder flocht Barny einen Satz ein.

„Ihr geht weiter, vermute ich", sagte ihr Vater schließlich mit tonloser Stimme.

„Das haben wir vor", antworteten sie völlig synchron. „Wie abgesprochen, behauptest du, man habe uns entführt, wenn wir nicht in einer

Woche zurück sind und vermisst werden", sagte Hanna eindringlich.

„Okay. Kaltblütig genug, solch ein Wagnis einzugehen, seid ihr offenbar beide. Ich wünsche euch alles Glück dieser Welt und dass ihr rasch und unversehrt zu uns zurückkehrt."

„Danke. Wir werden sehr gut aufeinander achten", kam es ebenfalls wie aus einem Mund.

Peter Tiede lachte auf. „Wenn die Deckungsgleichheit nicht von der Anomalie herrührt, klingt sie nach mehr, als nur kollegialem Interesse."

„Wer weiß?", gaben beide wieder im Chor zurück, worauf alle drei in schallendes Lachen ausbrachen.

Tiede schmunzelte. „Meinen Segen habt ihr. Für das eine und für das andere. Bis hoffentlich bald!"

Diesmal fassten sie sich fest an der Hand, als sie sehr langsam auf jene Stelle zugingen, wo ein Riss im Zeitgefüge zu sein schien.

„Das Gefühl, eine Luftschleuse zu passieren, habe ich vorhin nicht wirklich wahrgenommen", murmelte Hanna.

„Ich auch nicht", gab Barny zu, auf das Display des Trackers schauend. „Wir sind drin."

„Stimmt. Kein Internet, keine Telefonverbindung, kein Funkkontakt." Hanna legte die nun nicht mehr funktionierenden Messgeräte mit in den Buggy, behielt nur Thermometer, Windmesser und Schrittzähler griffbereit.

„Solarstrom haben wir, exakte Uhrzeit auch, eine Menge Fachwissen und Lebensmittelvorräte, die wir bei jeder kleinen Gelegenheit auffüllen sollten." Barny wirkte recht zufrieden. „Und nun packt Onkel Barny noch ein kleines Gadget aus." Er installierte einen mechanischen Wegschreiber an ein Rad des Buggys. „Vielleicht finden wir so irgendwann den Weg zurück. Brotkrumen wären nicht sinnvoll."

„Du bist genial!", staunte Hanna.

„Danke, danke, aber bitte keine stehen Ovationen!", grinste Barny, um beim nächsten Atemzug festzustellen: „Äh, wo sind die Berge hin?"

„Gute Frage." Hanna schaute sich ebenfalls ratlos um.

Statt auf einem Talweg zwischen himmelhohen Gipfeln standen sie auf einer weiten Ebene, die spärlich mit Gras bewachsen war.

„Da hinten ist ein grünerer Streifen. Dort könnte der oder ein Bach sein", überlegte Barny laut. „Nix wie hin! Wasser ist nun buchstäblich unser Lebenselixier."

Der „grüne Streifen" war fast vier Kilometer entfernt und entpuppte sich beim Näherkommen als Waldrand. Einen Bach gab es auch. Ziemlich breit sogar und vermutlich sehr tief.

„Hmm, sieht eher nach Fluss aus", stellte Barny nachdenklich fest.

„Äußerste Vorsicht!", gebot Hanna, weil Landschaft und Wasser von allen möglichen giftigen oder anderweitig gefährlichen Tieren bevölkert sein konnten.

„Zuerst müssen wir einen halbwegs sichern Platz für unser Zelt finden", seufzte Barny.

Hanna nickte. „Und Holz für ein Feuer gegen allerlei Getier. Das Zeug hier können wir vergessen. Das ist Ginkgo. Der brennt nicht."

„Wirklich?", erschreckte sich Barny.

„Wirklich!", bekräftigte Hanna. „Zudem bin ich froh, dass die Früchte noch nicht reif sind, sonst wäre der Gestank kaum auszuhalten."

„Warum denn das? Die stehen doch auch zuhauf in allen möglichen Städten", fragte Barny.

„Männliche Ginkgos. Nur in Dresden habe ich eine Straße gesehen, wo auch weibliche

Bäume standen. Ekelhafter Gestank!", erklärte Hanna, die Baumriesen besorgt taxierend. „Die gute Nachricht ist übrigens: Man kann sie essen, wenn man seinen Ekel vorm Geruch überwindet."

„Auch das noch. Ist mir bei Durian schon nicht gelungen", gab Barny zu. „Aber wenn es ums Überleben geht, frisst wohl selbst der Teufel Fliegen."

„Fische!" Hanna zeigte aufgeregt ins Wasser. „Wenn wir einen Großen oder zwei Kleine erbeuten, können wir Vorräte sparen."

„Und wie? Reinspringen, danach greifen und vom nächsten Krokodil gefressen werden?"

„Jetzt packt Tante Hanna mal ein Gadget aus." Sie zog eine winzige Teleskopangel aus der Tasche, die man auf unglaubliche drei Meter ausziehen konnte. „Ich habe eine Rolle Angelschnur und mehrere Haken zusätzlich im Rucksack."

„Wow. Du bist genial!", staunte Barny.

Hanna lachte übermütig und warf gleich darauf ihre Angel aus, die sie einfach mit einem Grasblütenstand bestückte. Es dauerte nicht einmal lange, bis sie einen Fang am Haken hatte, von dem beide locker satt werden konnten.

Barny betrachtete die Beute von allen Seiten. „Was ist das für einer?"

Hanna zuckte mit den Schultern. „Ich habe keine Ahnung. Wenn wir alle Innereien und die Häute an den Bauchinnenflächen entfernen, dürfte aber jeder Fisch genießbar sein. Wir bauen am besten auch gleich hier auf. Ich habe in der kleinen Biegung weiter unten einen Haufen Treibholz entdeckt, der nicht vom Ginkgo stammt."

Sie bauten das Zelt auf, holten gemeinsam das angeschwemmte Holz und legten zwei Feuergruben an, um einigermaßen sicher zu sein. Den Fisch garten sie an Stöcken überm Feuer, nachdem Hanna sie behutsam ausgenommen und vorbereitet hatte.

„Wir sind schlecht bewaffnet, falls es hier feindselige Menschen gibt", stellte Barny vor dem Schlafengehen fest.

„Aber nicht völlig wehrlos, wenn wir nicht gerade auf T-Rex treffen. Zwei Macheten, zwei Sägen, zwei richtig scharfe Beile, zwei lange Universaldolche, ein paar Küchenmesser und sogar noch vier Leuchtsignalpatronen mit Abschussmechanismus, die ich generell bei der Feldforschung einstecken habe."

„Du erstaunst mich immer wieder", stellte Barny kopfschüttelnd fest.

„Schlimm?"

„Im Gegenteil. Eine Partnerin auf Augenhöhe, mit der man zudem durch dick und dünn gehen kann, habe ich für einen unerfüllbaren Wunsch gehalten."

„Du wirst doch nicht krank werden?", murmelte Hanna besorgt.

Barny grinste belustigt. „Bestimmt nicht. Ich versuche nur, mir für dich das Fatzke-Image abzugewöhnen."

Hanna klappte regelrecht der Unterkiefer auf die Schuhspitzen, was Barny mit schallendem Lachen quittierte, sie fest an seine Brust ziehend. Augenblicke später knisterten nicht nur die Feuer vor dem Zelt. Drinnen baute sich jene erotische Spannung auf, die beide nur zu gerne schürten. Es wurde eine ziemlich heiße Nacht. Die Sonne stand schon recht hoch, als sie zum Fluss schlenderten. Zeitpläne gab es nicht mehr.

Überleben und das Tor zurück in ihre Region oder Zeit finden, hieß die Devise. Der Ginkgos wegen konnte man durchaus auch in deren Heimatgefilden in der Jetztzeit gelandet sein. Der

Morgen war zudem so unangenehm kühl, dass beide Jogginganzüge überstreiften.

„Wir sind nicht auf Winter eingerichtet", merkte Hanna an, als sie das weitere Vorgehen besprachen. „Finden wir das Tor nach Hause nicht schnell, müssen wir uns eine schützende Bleibe suchen oder bauen und Vorräte sammeln."

„Wie würdest du vorgehen, wenn du allein hier gelandet wärst?", wollte Barny wissen.

Hanna musste nicht überlegen. „Ich würde versuchen, mir im Wald, nicht zu weit weg vom Fluss, eine Blockhütte um das Zelt herum zu errichten. Möglichst auf einer Anhöhe, um Hochwasser zu entgehen. Dann würde ich alles einsammeln, was essbar ist und besonders das, was längere Zeit gelagert werden kann. Also Fische trocknen, Grassamen sammeln, die Stinkefrüchte und so weiter. Gibt es im Wald Pinien, dann ganze Zapfen. Die Samen kann man essen, den Rest verfeuern. Ob ich allein den Rückweg suchen würde, weiß ich nicht. Es könnte hier die vier Wege geben, die man nicht sehen kann. Wo führen sie am Ende hin? Nach Hause? Möglich. Aber nicht sicher. Hier könnte man zumindest eine Weile überleben."

„Ich schlage vor, dass wir es genau so machen, mit täglichen Ausflügen zur unsichtbaren Kreuzung. Wir werden Steinmarkierungen setzen, wo wir schon waren, und das Areal auf mehreren hundert Metern systematisch absuchen, fest miteinander durch das Seil verbunden und mit all unserer Habe."

„Warum sind wir hier gelandet und ziemlich sicher auch Andreas?", überlegte Hanna laut. „Wo doch abertausende Wanderer ungeschoren weitergehen konnten."

„Möglich, dass die Anomalie auf irgendein bestimmtes Mess- oder anderes Gerät reagiert, welches nur er und wir dabei hatten", erwiderte Barny. „Und das von dieser Seite aus wahrscheinlich nicht mehr funktioniert, weil es satellitengesteuert ist."

„GPS?"

„Könnte sein."

„Egal. Ziehen wir los und suchen einen Bauplatz!", forderte Hanna.

„Zu Befehl!" Barny packte jegliche Art Werkzeug griffbereit in den Buggy. „Ich werde auch alles unterlassen, was dich verärgern könnte. Nahrungstechnisch bist du mir Längen überlegen. Ich kann bestenfalls Dosenfutter öffnen und zubereiten."

Hanna grinste vergnügt. Knapp 50 Meter weiter wich das Vergnügen blankem Entsetzen. „Das ... das ... sind Spuren von einem großen Raubtier!", stammelte sie mit schreckgeweiteten Augen.

„Wolf?"

„Bestimmt. Bei der Größe des Trittsiegels könnte es ein Timberwolf sein. Möglich wäre ein männlicher Einzelgänger", erklärte Hanna, sich umschauend.

„Mist. Hoffentlich taucht nicht ein ganzes Rudel auf. Es ist so schon unangenehm genug." Barny zog die Augenbrauen zusammen. „Was ist ein Timberwolf?", fragte er im nächsten Atemzug.

„Canis lupus lycaon, die größte Unterart der Wölfe. Die können 90 Zentimeter Schulterhöhe erreichen", erwiderte Hanna.

„Ach, du Scheiße!", entsetzte sich Barny, wenig gentlemanlike.

Hannas Wangenmuskeln zuckten. „Du sagst es. Hab mal in Minnesota auf einer Exkursion mit denen zu tun gehabt. Es war traumatisch."

Kampf ums Überleben

„Kein Schritt allein!", forderte Barny. „Auch nicht mit voll ausgerolltem Seil."

Hanna nickte. „Für die nächsten Tage habe ich doppelt unangenehme Nachrichten. Die kleinen weiblichen Unpässlichkeiten und, dass der Blutgeruch einladend auf allerlei Getier wirkend könnte."

Barny streichelte ihre Wange. „Wir packen es! Eine Frage im Zusammenhang damit habe ich: Hast du Verhütungsmittel mit oder ...?"

„Spirale, falls die nicht den Geist aufgibt", blinzelte Hanna.

„Und wenn, dann stehe ich zu allem", versprach Barny. „Dass ich beim ersten Mal nicht gefragt habe, ist der Tatsache geschuldet, dass ich mir nicht vorstellen kann, dass so eine kühle Denkerin, wie du, jemanden absichtlich ans Messer liefert."

„Oh, dann muss ich wohl auch an meinem Fatzke-Image arbeiten", murmelte Hanna.

„Unfug! So eine Wirkung hast du auf andere nie gehabt", schmunzelte Barny. „Schau mal! Wenn wir die beiden dünneren Nadelbäume fällen, haben wir ein Rechteck, in das ein geräumiges Häuschen passen sollte."

„Die vier Eckbäume könnten wir kappen und als Pfeiler nutzen. Ich stelle mir das so vor ..." Hanna ritzte eine Skizze in den Waldboden. „Das Dach sollte schräg genug sein, um Blätter, Zweige, Regen oder Schnee schnell abrutschen zu lassen."

Augenblicke später erklangen bereits Hacken und Sägen.

„Wir kürzen den einen Baum als Mittelpfeiler. Sicher ist sicher", meinte Hanna.

„Geht klar." Barny schlug bereits eine Kerbe in den nächsten Baum, damit der auch wirklich in die gewünschte Richtung kippte.

Hanna lächelte. Seine Muskeln waren in der Tat nicht nur Schau. Bei dem, was sie in den nächsten Tagen vorhatten, konnte jeder von ihnen locker auf alle Trimm-dich-Geräte verzichten.

„Nur gut, dass ich sie allumfassend benutzt habe, sonst würde ich jetzt wie der letzte Waschlappen dastehen", kicherte Barny.

Als sehr spätes Mittagessen gab es wieder Fisch. Hanna hatte schon am Morgen am Flussufer einen Regenwurm gefunden und ausbruchsicher eingesperrt, wie sie es schmunzelnd bezeichnete. Der lockte, am Haken hängend, einen noch gewaltigeren Fisch als am Vortag an. „Die riesigen Gräten heben wir mal auf. Wer weiß, wozu es gut ist", sagte sie. „Falls wir jagen müssen, um Winterklamotten aus Pelz zu kreieren, können wir damit vielleicht nähen."

Barny blieb der Mund offen stehen. Hanna schien für buchstäblich alles eine Lösung zu haben. Er hätte sich Felle vermutlich nur notdürftig umgebunden. „Ich habe offenbar wirklich nur von Physik und Chemie eine Ahnung."

„Macht doch nix. Damit kann man auch richtig viel anfangen. Besonders beim Bau. Du weißt aus dem Stegreif, wie und wo ein Hebel am besten wirkt, wo ich erst mal experimentieren muss."

„Kann der Verdauungsspaziergang beginnen?", witzelte Barny, als sie alles in die Rucksäcke und den Buggy verstaut hatten.

„Bereit!" Hanna nahm die Schreiberscheibe der zurückgelegten Strecke zur Hand.

Nach ein paar hundert Metern änderte sich plötzlich die Landschaft zu einem Sumpf. Mückenschwärme stiegen auf.

„Ähhh, das ist gar nicht gut", stellte Barny erschreckt fest. „Sofort Rückzug!"

Den traten sie in doppelter Marschgeschwindigkeit an.

„Und nun?", fragte Hanna auf halber Strecke zurück zum Wald, der noch an alter Stelle zu sein schien.

Barny nahm ihre Hand. „Überleben. Irgendwie. Und in einigen Tagen nochmal die Strecke abgehen. Immer wieder, bis sich die Landschaft wie am gestrigen Tag präsentiert. Andere Ideen habe ich leider nicht."

„Packen wir es an!" Hanna trabte zielstrebig dem Waldrand entgegen, balancierte über die großen Steine ans andere Ufer und half Barny, den Buggy sicher zum Bauplatz zu tragen. „Willkommen im neuen Zuhause." Sie ließ ihren Rucksack zu Boden sinken.

Barny schnallte den Buggy ab, stellten seinen Rucksack daneben. Dann zog er Hanna in die Arme und setzte sich mit ihr auf dem Schoß auf einen Baumstamm, um sie minutenlang ganz fest zu halten. Gleichzeitig lösten sie sich voneinander, um das Zelt aufzubauen, um das herum ihr Häuschen entstehen sollte.

„Die Eckbäume am besten außen an den Wänden, weil wir gegen Zugluft Mauern aufschichten und Moos dazwischen stopfen sollten, falls es hier überhaupt welches gibt." Hanna suchte erfolglos die nähere Umgebung ab.

„Womit werden wir das Dach decken?", fragte Barny.

Hanna zuckte mit den Schultern. „Mal schauen, was wir finden. Schilf, Bananenblätter, Rinde? Für den Notfall tun es auch erst mal die Fichtenzweige." Sie zeichnete die Stellen für die Aussparungen an, um die Stämme zu festen Wänden stapeln zu können. Um keines der langen, scharfen Messer zu ruinieren, setzte sie ihren Geologenhammer als Keil ein. Der hielt einiges mehr aus. Sie musste auch möglichst präzise arbeiten, da ihnen weder Schrauben, Nägel noch Bohrer zu Verfügung standen, um für hölzerne Splinte vorzubohren.

Bis zum Abend schafften sie es, die untere Ebene mit Türöffnung exakt zu setzen. Holzreste und Zweige dienten als Heiz- und Kochmaterial. Mit vier mal sechs Metern würde es ein ausreichend großes Domizil werden. Einen Schuppen werde man später vielleicht noch anbauen.

„Katzenwäsche. Ich bin fix und fertig", flüsterte Hanna, als sie Abendbrot gegessen hatten.

„Leg dich schlafen, ich zünde noch die Feuer für die Nacht an", schlug Barny vor.

Die beiden Gruben waren tief und nicht zu erwarten, dass es zu einem Waldbrand käme. Hanna schlief schon, als er zurückkam. Sie hatte aber, wie abgesprochen, links und rechts der Schlafstelle die Macheten bereitgelegt, um sich gegen jedwede Überfälle verteidigen zu können. Barny fühlte sich wirklich sicherer, zumal in der Ferne Wolfsgeheul ertönte. Er legte sogar mitten in der Nacht, die Machete in der Hand, noch einmal Holz nach. Der Brandgeruch schien die Tiere des Waldes zuverlässig auf Distanz zu halten.

Hanna quälte sich am nächsten Morgen mit einem unterdrückten Stöhnen aus dem Schlafsack. Sie sah ziemlich mitgenommen aus und Barny half ihr, überhaupt auf die Beine zu kommen.

„Guten Morgen. Was ist geschehen? Kann ich dir irgendwie helfen?", fragte er beunruhigt.

„Guten Morgen", ächzte Hanna. „Tag eins der Unpässlichkeiten, der für mich immer ein echtes Drama ist, weil ich stets rasendes Schädelbrummen habe, obwohl der Kopf am anderen Körperende sitzt. Versuche heute einfach, mich zu ertragen."

„Dann legen wir einen Baustopp ein und gehen ein wenig am Bach entlang, um die Gegend zu erkunden", schlug Barny vor.

Hanna verdrehte die Augen. „Wieder das ganze Gepäck mitschleppen?"

Barny streichelte verständnisvoll ihre Hand. „Nein, nur einen leeren Rucksack und die komplette Bewaffnung. Keine Tageswanderung. Nur ein paar Meter hin und her, auf der Suche nach brauchbaren Dingen."

„Einverstanden." Hanna griff sich ihre Angel und den ausziehbaren Eimer.

Barny nickte zufrieden. Vielleicht tat es ihr gut, ein bisschen umher zu spähen. Sie balancierten über die Steine zum anderen Ufer.

Hanna blieb stehen, stemmte die Hände in die Seiten, schüttelte den Kopf, zupfte sich am Ohr, sagte aber nichts.

„Was ist komisch?", fasste es Barny in eine Frage.

„Die Bäume passen auf merkwürdige Weise nicht zusammen", versuchte Hanna, es zu erklären. „Würde mich kein bisschen wundern, wenn wir wirklich Bananenpflanzen oder gar Bambus fänden. Ich fühle mich, wie in einem zu groß geratenen Gewächshaus. Da drinnen stehen sogar Pinien!"

„Die suchen wir auf dem Rückweg auf", versprach Barny, um plötzlich in den Himmel zu zeigen. „Was fliegt denn dort?"

Hanna hob den Kopf. „Ein Condor? Ich bete, dass hier keine Saurier herumgeistern."

Barny schaute sie verblüfft an. „Saurier, wenn wir Säugetierspuren gesehen haben?"

„Ginkgo neben Pinien und Fichten?", stellte Hanna die Gegenfrage. „Das da drüben, gleich neben den Pinien, sind übrigens gigantisch große Schachtelhalme." Dann begann sie zu lachen. „Da haben wir ja auch schon Bananenpflanzen. Herzlich willkommen in der Klapsmühle. Ihr Psychiater erscheint in wenigen Minuten."

Barny schaute ziemlich hilflos zwischen ihr und den Pflanzen hin und her. Ein Schwarm Vögel flatterte auf. „Is nich wahr", begann er kicksend zu lachen. „Papageien!"

„Bei der Größe könnte auch ordentlich Fleisch dran sein", rieb sich Hanna die Hände.

Barny zuckte erschreckt zusammen.

„Oder hast du vor, Veganer zu werden, weil sich eine Banane schneller erlegen lässt?", grinste Hanna. Sie riss einige Stängel Minze ab, die sie sofort im Eimer deponierte. „Emmer!"

„Wer?"

„Nicht wer. Was. Emmer. Eine uralte Getreidesorte. Du hältst die Umgebung im Auge, ich ernte." Sie schnitt mehrere Garben des reifen Getreides ab. „Schade, muss wohl ein Lauffeuer gewesen sein, das hier alles auf der Ebene platt gemacht hat."

„Wir sollten zurückgehen! Da hinten kommt es verdächtig finster", drängte Barny.

„Im Laufschritt Marsch!", witzelte Hanna. „Es wäre prima, trocken anzukommen. Die zwei Schritte bis zu den Pinien schaffen wir aber noch."

Ja, die packten sie wirklich und Barny stopfte den Rucksack mit Zapfen voll, bis er kaum mehr zu schließen ging. Sie verspannten wegen des nahenden Unwetters das Zelt zwischen ihren hölzernen Grundmauern des zukünftigen Häuschens und lauschten angestrengt nach draußen. Erste Sturmböen ließen die Bäume ächzen. Barny hängte Hanna und sich einen Schlafsack um die Schultern, denn es kühlte sich auffallend ab. Dann prasselten schwere Tropfen auf das Zelt. Es hielt dicht, wie sie mit Erleichterung feststellten.

„Kleiner Snack gefällig?", fragte Hanna, nach einem Pinienzapfen fassend.

„Ist echt lecker", stellte Barny fest, mit dem gleichen Genuss wie sie die Samen knabbernd.

„Die werden leider schnell ranzig", seufzte Hanna. „Na ja. Ich denke, wir werden trotz allem ausreichend zu essen finden. Wo Bananen gedeihen, dürfte es keine kalten Winter geben." Plötzlich hob sie den Zeigefinger. „Ich habe irgendwo in der kleinen Werkzeugtasche eine lange Spiralfeder, damit könnte man sich mit wenig Aufwand ein Bolzenschussgerät bauen, um auf Vogeljagd zu gehen. Wobei eine einfache Zwille auch ausreichen könnte, oder gar nur eine Steinschleuder. Das Problem ist das Gummiband für die Zwille", sinnierte sie. „Ich habe nichts wirklich Haltbares."

„Du hast ernsthaft vor, zu jagen?", staunte Barny.

„Natürlich. Wer weiß, wie lange wir hier festsitzen. Trockenfleisch ist lecker." Hanna hielt sich den Kopf. „Wenn ich wieder klar denken kann, tu ich das auch bezüglich eines Bogens mit Pfeilen."

„Leg dich hin. Du siehst richtig kalkig aus", bat Barny. „Ich mache mir ernsthafte Sorgen."

Hanna erfüllte die Bitte auf der Stelle. Sie dämmerte auch sofort weg.

„Wenn ich dir doch nur helfen könnte!", wisperte Barny verzweifelt. Er hatte sich in seinem ganzen Leben noch nie wirklich um andere gesorgt. Nun litt er stumm, weil die Liebe sein komplettes Denken und Fühlen auf den Kopf gestellt hatte.

Er nahm das Tablet aus dem Rucksack und begann zwei einfache Schussgeräte zu zeichnen, wie er sie als Kind aus den verrücktesten Dingen gebaut hatte. Zum Beispiel aus einer Streichholzschachtel, einer Wäscheklammer und einem Gummiring. Auch die andere Variante hatte er getestet. Natürlich nur im Kleinen mit der Feder aus einem Kugelschreiber. Verschossen wurden Papierkügelchen und Zweigstücke. Allemal trotzdem gefährlich, weil man jemandem die Augen verletzen konnte.

Und der zweiten Variante konnte man mit einer stärkeren Feder immense Durchschlagskraft verleihen. Vor allem, wenn man angespitzte Aststücke als Bolzen nutzte oder kleine Steine verschoss. Ja, Hanna hatte richtig was drauf. Irgendwelches Metåll für den Abzug werde sich schon im mitgebrachten Fundus auftreiben lassen. Und wenn nicht, musste man mit Holz improvisieren.

Der Regen hörte langsam auf. Barny zog ein Stück den Reißverschluss des Zeltes auf, spähte hinaus und schloss ihn wieder. Matsch, wohin das Auge reichte. Er fuhr das Tablet herunter. Strom war kostbar. Ein merkwürdiges dumpfes Dröhnen, das deutlich über den Boden übertragen wurde, ließ ihn lauschen.

Hanna, auf der Isomatte liegend, hatte es natürlich intensiv gespürt. Sie öffnete die Augen. „Ist das ein Erdbeben?"

Barny hob hilflos die Schultern. „Keine Ahnung. Die Bäume schwanken nicht, aber der ganze Matsch draußen vibriert und bildet kleine Wellenringe."

Das war der Spuk auch schon wieder vorbei.

„Ich müsste eigentlich mal hintern Busch", murmelte Hanna, mit Unbehagen den Schlamm betrachtend.

„Ich denke, uns putzt keiner die Schuhe. Es dürfte auch keinen stören, wenn der Schlamm in den nächsten Stunden von allein abfällt", grinste Barny. „Traben wir los." Er fasste nach der Machete.

„Ein bisschen pervers ist das schon, was wir hier treiben", merkte Hanna an. „Sag nichts. Ich weiß doch auch, dass es unsere Lebensversicherung ist."

Barny seufzte. „Ich habe noch gar nicht unter solchen Bedingungen agiert. Der Herr Doktor hatte selbst beim Zelten immer das Luxusprogramm. Wenn wir zurück sind, essen wir Abendbrot und fachsimpeln ein bisschen über brauchbare Waffen."

„Abendbrot? So spät ist es schon?", erschreckte sich Hanna.

„Ja, du hast tief und fest wie ein Murmeltier geschlafen. Es ist fast 20 Uhr."

„Du lieber Himmel! Ich kümmere mich sofort, dass Essen auf den Tisch kommt."

„Wir haben nicht mehr viel", sagte Barny.

Hanna winkte ab. „Besser als gar nichts. Ich nehme heute ausnahmsweise den Spirituskocher."

Ehe Barny fragen konnte, was sie denn heiß machen wolle, kramte sie eine Blechdose hervor. „Ich habe fünf Minuten Instantnahrung in kleinen Beuteln vakuumiert und auch noch ein paar Packungen zwei Minuten Blitzfutter eingepackt. Frische Minze für Tee haben wir und einen Haufen Pinienzapfen. Wir werden bestimmt satt werden."

„Wow. Nudeln mit Käse-Sahne-Soße", freute sich Barny.

Das Wasser siedete rasch, Hanna brühte Tee und übergoss in den großen Tassen die Instantnudeln.

„Glatte fünf Sterne!", strahlte Barny, am Ende wie Hanna jede Nudel einzeln essend, um lange Genuss daran zu haben. Er musste schmunzeln, als sie am Ende die allerletzten Reste Soße mit dem Zeigefinger aus der Tasse putzte und diesen genüsslich ableckte. „Das hat mir meine gestrenge Frau Mama als Kind mit Ohrfeigen ausgetrieben", erklärte er, es nun Hanna nachmachend.

„Ich hatte eine fantastische Kindheit, obwohl meine Ma auch den blanken Ordnungsfimmel zelebrierte. Deswegen war ich ja ständig mit meinem Pa im Wald, wo wir die tollsten Abenteuer erlebt haben. Mit Knüppelkuchen am Lagerfeuer, mit Schlamm bis in die Haare und mit Schatzsuche in jedem Bach und auf jedem abgeernteten Feld. Jetzt kann ich gut gebrauchen, was er mir beim harmlosen Überlebenstraining beigebracht hat."

„Wenn wir irgendwann mal wieder zu Hause sind, werde ich mich bei ihm bedanken, dass er eine so coole und absolut pfiffige Tochter hat. Kannste glauben!", fügte Barny mit einem vergnügten Blinzeln in Pittiplatschmanier mit fast der gleichen Koboldstimme hinzu. „Und ich werde ihm verraten, dass ich dich heiraten will. Kannste auch glauben. Falls ... falls du mir eine Chance dazu gibst. Tut ... tut mir leid, ich wollte dich nicht unter Druck setzen. Tut mir ganz sehr leid."

„Hab wohl wieder zu skeptisch geschaut", murmelte Hanna. „Ich mag dich doch genau so sehr. Oder ganz kurz in drei Worten: Ich liebe dich."

Im selben Augenblick ertönte genau vor dem Zelt ein Jaulen.

„Ach, du Scheiße", rief Barny, zusammenzuckend.

Hanna fasste zu Kochtopf und Machete, stürmte aus dem Zelt und kreischte mit Trickfilmstimme: „Ich reiß' dir den Arsch auf!" Gleichzeitig schlug sie mit dem Griff der

Machete an den Topf. Ein Getöse, das die emp-findlichen Wolfsohren malträtierte. Zudem war das Tier dermaßen entsetzt, auf welche Weise es plötzlich angegriffen wurde, dass es mit eingezogenem Schwanz das Weite suchte.

Barny stand mit riesengroßen Augen daneben, einfach nicht fassend, was gerade geschah.

„Weg isser!" Hanna stellte ihre Waffen ins Zelt zurück, zog Barny, offenbar zur Salzsäule erstarrt, an der Hand hinein und schloss den Eingang.

Barnys Schockstarre löste sich. Er fasste sich an den Kopf und hauchte: „Zum besseren Ver-ständnis – du hast dich jetzt tatsächlich mit einem Timberwolf angelegt?!"

„Jepp. Keine Lust auf lange Diskussionen mit dem Pelztier. Wenn es seinen Pelz behalten will, sollte es mir besser ganz aus dem Weg gehen", erwiderte Hanna, mit dem Daumen den Schliff der Machete prüfend. „Ich weiß nicht, ob Wolf schmeckt, aber in der Not ..., na du kennst den Spruch."

Barny brach in wieherndes Lachen aus. Die Situation war zu verrückt gewesen. Und Hanna werde jagen. Nicht nur auf Papageien. Selbst alles, was bei drei auf dem Baum wäre, müsste gewärtig sein, von da runter geschossen zu werden. Also zückte er das Tablet und meinte: „Wir müssen reden!"

„Wenn die Feuergruben brennen", bat Hanna, worauf sich beide bewaffneten und alles an Ästen zusammensuchten, das halbwegs trocken geblieben war.

Dann kuschelten sie auf einem Schlafsack zusammen, zogen den zweiten darüber und Barny zeigte Hanna seine Zeichnungen.

Sie rieb sich die Hände. „Bauen wir! Braucht nicht glatt und schön sein. Funktionieren muss es."

„Ich notiere nur noch schnell ein paar Stichpunkte ins Tagebuch", erklärte Barny, den Worten Taten folgen lassend. „Wenn wir das lebend überstehen und nach Hause finden, bringe ich unsere Geschichte als Roman raus!"

„Gute Idee!", lobte Hanna. „Eine noch Bessere ist im Augenblick: Tablet aus und schlafen."

„Hast recht! Gute Nacht, mein Schatz!"

„Träum auch du was Schönes." Sie kuschelte sich fest an und schlief rasch ein.

Die Nacht verlief ausgesprochen ruhig. Offenbar hatte Hanna mit ihrer Schlag-den-Topf-Aktion nicht nur den Wolf vertrieben. Am Morgen strahlte die aufgehende Sonne waagerecht durch die Bäume. Hanna streckte sich genüsslich.

„Wie geht es dir?", fragte Barny sofort, ihre Wange streichelnd.

„Bestens", gab Hanna zufrieden bekannt. „Von dem kleinen Restmalheurchen abgesehen."

„Das bereitet mir für die Zukunft hier Kopfzerbrechen", seufzte Barny.

„Du machst dir einfach zu viele Sorgen", stellte Hanna mit deutlich dankbarem Lächeln fest. „Ich werde eines der Geschirrtücher in zwei Hälften zweckentfremden. Finden wir irgendwo einen echten Gummibaum, wäre es perfekt."

„Dir fällt tatsächlich immer etwas ein", staunte Barny, sie in voller Bewaffnung zum Bach begleitend, eben weil das „Malheurchen" nach Aufmerksamkeit heischte.

Sie wuschen sich, füllten alle verfügbaren Gefäße mit Wasser und aßen gemächlich Frühstück. Barny genoss den Pfefferminztee mit halb geschlossenen Augen und knabberte mit Hanna die letzten Pinienkerne. Es war beschlossene Sache, zuerst die Bananenpflanzen aufzusuchen, danach die Pinien, anschließend zu Angeln und erst dann am Häuschen weiterzubauen. Die Wassermassen waren inzwischen im Waldboden versickert. Die trockene Ebene sah ein wenig grüner aus, als bei der Ankunft.

Die Bananen waren noch nicht reif, sie schlugen aber trotzdem mehrere ab, um sie im Zelt ausreifen zu lassen, aus Furcht es könne ihnen hier im Freien irgendwelches Getier mit der Ernte zuvorkommen. Pinienzapfen lagen noch reichlich herum, sodass Barny seinen Rucksack bis zum Rand mit ihnen auffüllte.

Hanna hatte einen straffen Beutel aus Regenschirmstoff für die gefangenen Fische dabei. Sie stocherte ein wenig am Ufer herum, um sich Regenwürmer als Köder zu beschaffen. Dann ging es wieder recht schnell, bis der erste gierige Fisch am Haken zappelte.

„Der reicht für uns beide", waren sie sich sofort einig und trabten zum Zelt, wo sie die erbeuteten Schätze sorgsam deponierten.

Barny schaute auf die Uhr. „Zehn. Wir können richtig Meter machen."

„Festmeter, mein Lieber", kicherte Hanna, sich zusätzlich mit Beil und Säge bewaffnend. Sie schlug sich an den Kopf. „Dass ich die ver-

gessen konnte?! Ich habe doch noch eine Draht-
säge im Werkzeugbeutel!"

Barny stutzte. „Eine was?!"

„Einen flexiblen Sägedraht mit zwei Handgrif-
fen", erklärte Hanna, den Beutel öffnend. „Damit bin ich eins-zwei-fix durch den Stamm."

„Mitnehmen!", kommandierte Barny blinzelnd, die kompletten Werkzeuge greifend, ihr
die Waffen hinschiebend. „Du bist der bessere
Krieger."

Hanna übernahm also breit grinsend noch die
zweite Machete. Sie freute sich, dass es Barny
nicht an der Ehre kratzte, kein Superman zu
sein. Hilfreich zum Überleben, wenn jeder
genau das tat, was er dafür am besten konnte.
Sie schafften es, gemeinsam die nächste Ebene
Balken aufzusetzen, bis beiden gewaltig der
Magen knurrte.

„Wir garen uns erstmal den Fisch", schlug
Hanna vor. „Ach, wenn wir doch nur irgendwelche Urformen von Gemüse finden würden!
Dann könnte ich Fischsuppe kochen oder wir
hätten wenigstens eine Beilage."

„Was willst du eigentlich mit dem urtümlichen
Getreide anfangen?", fragte Barny sofort.

„Aussäen", verriet Hanna. „Wenn wir allerdings auch so genug fänden, dann würde ich es mahlen und uns einfaches Fladenbrot backen, wenn wir mal eine gemauerte Kochstelle haben. Bis dahin sammle ich alles ein, was mir vor die Nase kommt."

„Mahlen. Hm. Da brauchst du ja auch flache Steine", überlegte Barny. „Gut, zu wissen."

Bis zum Abend konnten sie ihre hölzernen Mauern bis auf rund einen Meter hochziehen. Als Hanna den Wasserkessel übers Feuer hängte, bildeten sich mit einem Mal wieder Wellenringe und der Boden fing an zu vibrieren. Kurz darauf ertönte erneut ein dumpfes Trommeln. Diesmal auf der Ebene und ganz anders als das, was sie schon einmal gehört hatten.

Grey

Hanna fasste nach den Waffen. „Ich will wissen, was das ist!"

Barny atmete einmal sehr tief durch, dann eilten sie gemeinsam zum Waldrand. Die Ebene war in eine Staubwolke gehüllt und das Dröhnen kam immer näher. Sie blieben, hinter Sträuchern versteckt, stehen, um das merkwürdige Phänomen zu beobachten.

„Stampede!", rief Barny völlig verblüfft. „Das müssen doch Hunderte sein!"

„Unglaublich", gab Hanna ebenso überrascht zurück. „Aber das sind weder Wisente, Bisons noch irgendwelche Büffel!"

Der Staub ließ nichts Genaues erkennen.

„Weg hier!", raunte Barny erbleichend, denn einige Wölfe hetzten der Herde hinterher.

Sie huschten davon, um mit fliegenden Händen mehrere Feuergruben rund um die Baustelle anzulegen.

„Wir brauchen weitreichende Waffen. Und zwar schnell", erklärte Barny.

Hanna nickte. „Ja. Auf einen Nahkampf möchte ich es mit so einer Meute auch nicht ankommen lassen." Sie schlug einen jungen Baum ab und begann das Stämmchen zu spalten.

„Was wird das?"

„Für den Anfang eine Lanze", murmelte Hanna, einen der kurzen Dolche einpassend. Sie durchnässte ein Stück Schnur, womit sie den Schaft sehr fest umwickelte. „Morgen dürfte sie richtig einsatzbereit sein."

Der Todesschrei eines Tieres ließ sie zusammenzucken. „Da waren keine Wölfe am Werk und die Beute könnte ein Reh oder ein Hirsch gewesen sein. Vielleicht auch eine Antilope."

Barnys fragenden Blick beantwortete sie mit: „Solche Schreie habe ich im Himalaya und in der Serengeti gehört. Der eine Jäger war damals ein Schneeleopard, der andere ein Löwe gewesen."

„Kannst du dir vorstellen, dass mir gerade der Hintern auf Grundeis geht?", flüsterte Barny.

„Kann ich. Mir geht's nicht anders. Unser Problem: Wir müssen essen, noch ziemlich lange bauen und uns absichern. Aber damit dürften wir zurechtkommen." Sie fällte einen zweiten sehr jungen Baum, dem sie mit der Axt am oberen Ende eine Spitze verpasste. „Besser als gar nichts. Ich härte ihn heute noch im Feuer."

Barny nahm die Waffe dankend entgegen. „Ich weiß zwar in der Theorie, wie es mit dem Härten funktioniert, doch in der Praxis hapert es sicher", gab Barny zu.

Hanna winkte ab. „Ich habe auch nur zugesehen. Irgendwie kriegen wir schon durch Probieren raus, wie es richtig geht."

Sie arbeiteten bis zur Dämmerung durch, um endlich ein festes Dach über den Kopf zu bekommen. Während sich Hanna um die Zubereitung des einfachen Abendbrotes kümmerte, zeichnete Barny den Mechanismus für die Tür und eine Arretierung mittels Fallriegel. Immer im Hinterkopf, dass man nur Holz zur Verfügung hatte.

„Mir ist gerade etwas für die Dachkonstruktion eingefallen", rief Barny plötzlich. „Schau mal. So können wir ein Spitzdach bauen, das den Regen schnell ablaufen lässt."

Hanna betrachtete das Bild von allen Seiten, welches Barny in 3 D auf dem Tablet angelegt hatte. „Überzeugend. Wir sollten genau das machen. Würden wir Birkenbast oder andere haltbare Pflanzenfasern finden, könnten wir die

Blätter zusätzlich an den Querstreben festbinden."

„Könnte man die aus den Schachtelhalmen anlegen?", fragte Barny.

„Wenn wir es schaffen, sie zu fällen", seufzte Hanna. „Ich habe nur Erfahrungen mit dem ganz profanen Ackerschachtelhalm. Bambus wäre super. Damit kann man so beinahe alles machen."

„Also gehen wir demnächst etwas tiefer in den Wald und schauen, was dort an Baumaterial wächst", regte Barny an, das Tablet einpackend.

„Ach weißt du, mich würde genau so sehr interessieren, was das für eine Herde Viecher war, die vor dem Wolfsrudel geflohen ist. Mit Leder kann man auch richtig viel anfangen. Vielleicht gibt es ja eine echte Wahl zwischen Jägern und Sammlern oder Ackerbauern und Viehzüchtern."

Barny zog ein hilfloses Gesicht. „Die Wahl zwischen zwei Supermärkten wäre mir lieber."

Hanna begann glucksend zu lachen. „Herzlich willkommen im Club!" Sie stellte sich auf die Zehenspitzen, um ihm ein Trostküsschen auf die Lippen zu hauchen.

Barny drückte sie fest an sich, „Ich liebe dich", flüsternd.

Sie wuschen sich nach dem Essen gleich neben dem Zelt, denn die Nacht brach schnell herein, es war bewölkt, wahrscheinlich auch Neumond und „zappenduster", wie Hanna fröstelnd feststellte. Die Feuergruben hatten sie tagsüber schon bestückt und in einer immer genügend Glut bewahrt, um das Schlagfeuerzeug wirklich für den Notfall einsatzbereit zu halten. Barny ging mit einem brennenden Ast reihum, um nun alle zu entzünden.

„Morgen muss ich Wäsche waschen", gähnte Hanna, rasch in seinen Armen einschlafend.

„Mein tapferer Schatz", flüsterte Barny, zärtlich ihr Gesicht streichelnd.

Mitten in der Nacht wurden sie vom Regen geweckt, wodurch es in den Feuergruben zu zischen begonnen hatte.

„Bestes Urlaubswetter", grummelte Hanna, fast nahtlos weiterschlafend.

Barny grinste sich eins. Es gehörte sehr viel mehr dazu, Hanna wirklich die Laune zu verderben. Noch vor dem Morgengrauen begann wieder die Erde zu vibrieren und das dumpfe Rumpeln erklang sehr viel lauter als beim ersten Mal. Hanna war mit einem Satz auf den Beinen.

„Jetzt sag bitte nicht, dass du nachschauen willst!", rief Barny, mit leicht panischem Unterton.

Hanna schüttelte den Kopf, dem leiser werdenden Geräusch lauschend. „Vielleicht später, wenn man wenigstens vernünftig sehen kann, wohin man tritt."

„War ja klar", erwiderte Barny resigniert.

„Ich will nur herausfinden, ob es uns gefährlich werden könnte", beschwichtigte ihn Hanna. „Ein bisschen klang das wie ein Lahar. Auch wenn wir bisher keine Berge gesehen haben, könnten sie da sein. Ich möchte weder zerquetscht noch ersäuft werden."

„Okay, okay, du hast recht. Wie immer. Und das ist ehrlich gemeint." Barny streichelte ihre Hand. „Du bist die Bergexpertin. Was du sagst, das wird gemacht."

„Ich bin nicht unfehlbar", hakte Hanna ein.

Barny grinste vergnügt. „Für mich aber nahe daran." Hannas skeptischer Blick bewirkte, dass er herzlich lachte. „Ich meine es wirklich ernst."

Der Regen hatte zwar aufgehört, aber der Bauplatz war pitschnass. Hanna spitzte mit gerunzelter Stirn die Lippen.

Barny schniefte und schaute ähnlich. „Waschen, essen, Exkursion. Wenn es danach trocken ist, schuften wir weiter."

Hanna fasste nach Kulturbeutel und Handtuch. „Ich brauche heute etwas mehr Zeit. Na, du weißt schon."

„Ich bin stolz auf dich, mit welcher äußerlichen Gelassenheit du solche Widrigkeiten meisterst."

„Wie du sagst: äußerlich. Die ganze Sache ist nervenaufreibend und äußerst unangenehm. Und dass man am Ufer bleiben muss, weil man nicht weiß, was hier im Wasser lauert, verbessert die Lage nicht gerade." Hanna nahm eine Schüssel zum Wasserschöpfen mit.

So putzen sie erst einmal zusammen Zähne, dann war Barny mit gründlicher Körperpflege dran, während Hanna die Sicherheit übernahm. Außer ein paar großen Fischen, wie sie bereits geangelt hatten, war nichts Auffälliges zu entdecken. Das änderte sich schlagartig, als Hanna Blutreste ins Wasser spülte. Der friedliche Fluss schien plötzlich zu kochen und sie machte einen Satz rückwärts. „Sind das Piranhas?"

Barny war genau so überrascht worden. „Vermutlich. Oder zumindest was Ähnliches."

„Viehzeug", murmelte Hanna, sich nun eben einen halben Meter weiter vom Wasser entfernt waschend. „Ach, Sauberkeit ist was Tolles." Sie zog sich an. „Morgen dürfte endlich wieder Sex zur Abendgestaltung gehören. Ich möchte vorsichtshalber den einen Tag warten."

„Ohooo, da habe ich doch etwas, worauf ich mich inbrünstig freuen kann", strahlte Barny.

„Frag mal, wer noch", schmunzelte Hanna, klares Wasser für den Morgentee schöpfend, als die Fische abgezogen waren. „Wir sollten spätestens morgen neue Minze holen, sonst müssen wir nacktes Wasser trinken."

„Bäh. Davon bekommt man Wasserflöhe im Bauch, hat meine Oma immer gesagt", kicherte Barny.

„Meine auch!", lachte Hanna. „So, was haben wir denn heute auf der Speisekarte stehen?"

„Pinienkerne. Mit grünen Bananen habe ich es nicht so", seufzte Barny.

„Na ja. Besser als gar nichts." Hanna schürzte die Lippen. „Oder gleich noch Angeln gehen?"

„Och nö!" Barny schüttelte heftig den Kopf. „Wir suchen unterwegs nach Futter."

Hanna steckte zur Thermosflasche mit Tee vorsichtshalber noch zwei ihrer Konzentratbeutel ein. Beide schulterten ihre Rucksäcke, bewaffneten sich komplett und zogen langsam davon. Barny schaute immer wieder auf den Kompass, um möglichst die schnurgerade Richtung einzuhalten.

„Komischer Wald", stellte Hanna zum wiederholten Mal fest. Es wuchs wirklich alles wild durcheinander. „Maroni? Ich glaube es ja nicht!" Sie begann vom Waldboden aufzuklauben, was noch nicht von Tieren angefressen war. „Vier bis fünf Mahlzeiten sind gesichert!", jubelte sie. „Die kann man auch mahlen und damit Suppe andicken."

Barny pfiff beeindruckt durch die Zähne. „Allein hier, hätte ich mich sicher schon vergiftet oder wäre am Verhungern, um mich nicht zu vergiften."

„Deswegen schaue ich nicht nach Pilzen aus", verriet Hanna. „Die sehen hier vielleicht nur wie zu Hause aus, sind aber möglicherweise total giftig."

Barny wollte etwas erwidern, fror aber buchstäblich in der Bewegung ein. „Hörst du das?", wisperte er, langsam den Kopf hin und her drehend.

„Was?", fragte Hanna, angestrengt lauschend.

„Da! Da ist es wieder!", rief Barny. „Ein Tier fiept!"

„Stimmt." Hanna zeigte auf ein Uhr. „Da drüben! Schauen wir nach!"

Barny war von der Idee wenig begeistert, fügte sich aber. Vielleicht war es was, das man essen konnte. Genau genommen hatte er riesigen Heißhunger auf ein Stück Fleisch, obwohl er es nicht zugegeben hätte.

„Ooops! Da sind ja die fehlenden Berge!", stellte Hanna überrascht fest.

Sie standen auf einem Hochplateau unterhalb eines steilen Gipfels, von dem tatsächlich frisch ein oder mehrere Geröllströme abgegangen waren, deren Poltern sie gehört hatten. Einzelne Felstrümmer waren bis zum Waldrand gerollt und geflogen. Irgendwo im Chaos der Geröllfelder winselte deutlich hörbar ein Tier.

Hanna beschattete die Augen mit der Hand. „Da vorn liegt was, das nicht wie Fels aussieht."

Sie fasste ihren Speer mit beiden Händen, bereit, zuzustoßen.

„Fell“, sagte Barny mehr zu sich. „Tot. Zerquetscht.“

„Ein Wolf“, stellte Hanna nach kurzer Untersuchung fest und verbesserte sich. „Eine Wölfin, die Welpen gesäugt hat.“

„Da ist einer! Auch von einem Felsbrocken erschlagen. Und da noch einer“, Barny deutete zwei Meter weiter.

„Aber wo ist der, der vorhin gewinselt hat?“ Hanna spähte hinter jeden größeren Stein. „Hab ihn! Hilf mir mal!“

„Du willst doch nicht etwa ...!“

„Doch, genau das will ich. Ich will ihn mitnehmen, aufpäppeln und ganz auf uns prägen. Einen besseren Beschützer können wir hier nicht kriegen.“ Hanna stemmte sich gegen den Brocken, unter dem der Kleine wie in einem Kerker festsaß.

Mit Barnys Hilfe gelang es, den Stein zu kippen und das völlig geschwächte Tier herauszuziehen. Es wehrte sich nicht einmal. Instinktiv verließen sie das Geröllfeld, um nicht auch noch Opfer einer Rutschung zu werden. Hinter den ersten Bäumen legte Hanna den Kleinen ab und flößte ihm vorsichtig ein paar Tropfen Wasser ein. Sofort kam mehr Leben in die trüben Augen und das Tier leckte Hannas zur Mulde gekrümmte Hand leer, die sie immer wieder auffüllte.

„Und nun?" Barny schaute das offenbar verletzte Tier nachdenklich an.

„In deinen Rucksack damit und weit offen lassen", riet Hanna. „Wir gehen zurück, suchen Minze, fangen Fische und ich bereite einen Brei zu, mit dem wir ihn zu füttern versuchen."

Barny kratzte sich am Kinn. „Na gut. Ich wollte schon immer ein Haustier haben. Du hast ja sicher auch einen Namen parat."

„Grey. Das passt für Männlein oder Weiblein", schmunzelte Hanna, ihm einen Kuss auf die Nasenspitze gebend.

„Und was ist es?", wollte Barny wissen, der ebenfalls nicht nachgeschaut hatte.

Hanna hob lustig die Schultern, kraulte sanft Greys Fell, der das sichtlich genoss. Sie tastete vorsichtig Körper, Pfoten und Rute nach Verletzungen ab. „Ein Rüde", stellte sie mit wenigen Blicken fest. Der ließ sich auch widerstandslos von Barny in den Rucksack setzen. Er war zu schwach und hatte nur noch diese fremdartigen

Zweibeiner, die ihm Wasser gaben und kein Leid zufügten. Die paar Prellungen würden schnell vergessen sein. Durch das sanfte Schaukeln des Rucksacks schlief er schon bald leise schnaufend ein.

„Armer kleiner Kerl", flüsterte Barny. „Aber keine Sorge, deine Ersatz-Mami ist genau so lieb wie deine richtige."

Hanna nickte heftig. „Ich hätte es zudem nicht übers Herz gebracht, seine tote Familie zu verspeisen oder den Tieren auch nur die Pelze abzuziehen, wenn der Süße daneben sitzt."

„Das habe ich nicht anders erwartet." Barny streichelte Hannas Wange. „Stahlhartes Denken und butterweicher Kern. Genau deshalb liebe ich dich."

„Wenn heute der Tag der Komplimente ist, verrate ich dir auch, warum ich dich liebe", strahlte Hanna. „Weil deine vermeintlichen Schwächen deine Stärke sind. Du gibst zu, wenn du etwas weniger gut beherrschst. Deshalb werden wir auch alles irgendwie gemeinsam packen."

Ohne sich abgesprochen zu haben, steuerten sie zuerst ihr Zelt an. Hier war alles in Ordnung, sodass sie gleich weiterzogen, den Fluss überquerten, um Minze zu ernten. Auf dem Weg dahin sammelte Hanna jeden Stängel Emmer ein, den sie finden konnte.

Grey wurde wach. Er begann so kläglich zu fiepen, dass ihn Barny aus dem Rucksack befreite, um ihn auf dem Arm zu tragen. Sofort wurde er intensiv beschnüffelt und beäugt. „Ich schätze, der ist bestenfalls acht Wochen", erklärte Barny.

Grey beruhigte sich rasch durch das Streicheln, kuschelte sich fest an seinen Ersatz-Papa und beobachtete Hanna. Die hielt ihm auch noch einmal Wasser vors Mäulchen, welches mit Wonne aufgeschleckt wurde. Als sie etwas später den ersten großen Fisch an der Angel hatte, wurde Grey unruhig. Möglicherweise hatte er schon einmal welchen zu fressen bekommen.

„Ich kann ihn jetzt nicht aufschneiden, da sind die Piranhas gleich wieder hier", erklärte sie.

Barny setzte Grey in den Rucksack zurück und packte Hannas Speer. „Achtung! Da drüben, direkt unterhalb des Ufers, ist ein riesiger Schatten im Wasser!"

An den verlor Hanna auch ihren nächsten Fang, ohne herauszufinden, welcher Art der freche Fischräuber gewesen war. „Na wenigstens ist der Haken gerettet", seufzte sie, geduldig auf den nächsten Fisch wartend. „Entweder fressen die gerade die Reste, die der ‚Schatten' übrig gelassen hat, oder sind von dem vertrieben worden", grummelte sie schließlich. „Gehen wir ..." Weiter kam sie nicht, da zerrte etwas an der Schnur, das nur Barny an Land ziehen konnte. Der kämpfte aber auch mehrere Minuten, ehe er das Ungetüm auf dem Trockenen hatte.

„Ein Waller! Bestimmt über einen Meter lang!", staunte Hanna. „Das hat er nun davon, meinen Fisch geklaut zu haben!"

Barny lachte herzlich. „Da kann sich Grey das Bäuchlein kugelrund fressen. Grey hat übrigens Zähne. Nur als kleiner Hinweis."

Hanna stimmte in das fröhliche Lachen ein. „Hast recht. Den Brei zu bereiten, kann ich mir sparen."

Gemeinsam schleiften sie den schweren Fisch zum Zelt. Grey stand auf den Hinterbeinen im Rucksack, um ja nichts von der Aktion zu verpassen. Den aufgeregt wedelnden Schwanz konnte Barny deutlich am Rücken fühlen.

„Erst ist der Kleine dran. Wer weiß, wie lange er schon nichts gefressen hat", legte Hanna fest. „Ab heute Abend ist er dran, wenn wir auch essen. Damit er nicht auf schräge Gedanken kommt, wenn er älter wird."

So fütterten sie ihn auch abwechselnd per Hand mit kleinen Bröckchen. Klar schlang er die Ersten in wilder Hast hinunter.

„Da werden wir die Fischstreifen, die wir trocknen wollen, gut bewachen müssen", kicherte Barny. „Der kleine Gierschlund frisst sonst alles ratzfatz weg."

Als Grey nach reichlich Futter selig einschlief, legte ihm Hanna einen kleinen Packriemen als Halsband an und knotete ein langes Stück Seil an den Baum vor dem Haus. So konnte sie der Kleine sehen, riechen und hören, wenn sie Bauholz fällten und bearbeiteten.

Das Futter hatte ihm zwar einen Teil seiner Energie wiedergegeben, aber nicht genug, um sich zu befreien. Er gab die Versuche auch ganz schnell auf, zumal immer einer kam, ihn streichelte und mit ihm sprach.

„Ameisen!", warnte Barny plötzlich.

Hanna schnaufte. „Verdammt. Die können wir nicht brauchen. Zumal sie uns und Grey gefährlich werden könnten."

Barny steckte einen Ast in Brand und vernichtete, was ihm vor die Augen kam. Grey winselte.

Die Flammen jagten ihm, wie schon an der Kochstelle, instinktiv Furcht ein.

Hanna nahm ihn auf den Arm. „Alles gut, mein kleiner Schatz. An Feuer wirst du dich gewöhnen müssen."

Während Barny die Montage-Aussparungen in die Baumstämme sägte und hackte, schnitt Hanna den Wels in dünne Streifen, die sie auf eine Angelschnur fädelte und zwischen zwei Bäumen verspannte. Grey kuschelte sich, wann immer es ging an ihre Beine. Kuscheln tat unendlich gut.

Er war es auch, der zuerst merkte, dass ein Futterdieb nahte. Sein Knurren rief Barny auf den Plan, der den fremdartigen taubengroßen Vogel mit dem Speer verjagte. Grey bekam ein Stückchen Fisch zur Belohnung. So werde er ganz schnell begreifen, was er gut und richtig gemacht hatte.

So übte Hanna auch schon jetzt mit ihm, an der Leine zu gehen, obwohl Grey noch sehr tapsig war. Bis zum Bach und zurück, klappte das nach zwei Tagen ganz prima. Auf weitere Erkundungen konnten sie ja doch erst ziehen, wenn der Fisch trocken und gut gesichert im Zelt untergebracht wäre. Barny werde Grey auf unbestimmte Zeit im Rucksack tragen, damit man vorwärtskäme. Am glücklichsten war der kleine Wolf, wenn er sich nachts mit unter die Decke schmiegen durfte. Er liebte sein neues Rudel sehr. Er lernte schnell, jedwede Grenzen einzuhalten, die ihm gesteckt wurden. Es fühlte sich nämlich viel besser an, geknuddelt statt geknufft zu werden.

Hanna hatte inzwischen mehrere Körbe und Behälter mit Deckeln aus Bananenblättern geflochten, in denen so beinahe alles aufbewahrt wurde. Das Dach des Häuschens nahm langsam Gestalt an und hielt auch sehr gut den Regen ab. Nur die undichten Wände waren ein Problem. Der nächste Schritt war die verriegelbare Tür. Barny bastelte zwei Tage, bis der Mechanismus des Fallriegels von innen und außen perfekt funktionierte.

Dabei ahnten sie nicht, dass der verschollene Botaniker Andreas Winkler im gleichen Areal ums Überleben kämpfte. Nur in einer völlig anderen Zeitebene. Recht erfolgreich und genau so kreativ. Dabei waren seine elektronischen Geräte sofort komplett ausgefallen.

Hanna und Barny wählten sehr genau aus, was sie fotografierten, um Beweismaterial oder Erinnerungen zu haben. Von Greys Rettung hatten sie ein Foto gemacht, auch von ihrem frisch gedeckten Häuschen.

Als sie am Fluss ein großes Lehmvorkommen fanden, war auch das Problem der undichten Wände gelöst. Sie verschmierten die Ritzen damit von innen und außen. Das Dach zog sich weit genug hinaus, sodass der Regen den Verputz nicht zerstörte.

Alle paar Tage galoppierte die Herde über die weite Ebene, die nun in sattem Grün prangte. Sie hatten schon mehrere große Greifvögel kreisen sehen, die sowohl Condore als auch riesige Geier oder Adler sein konnten.

Barny gelang es endlich, das Bild so weit auf zu zoomen, dass man Näheres erkennen konnte. „Geier", sagte er beim Anblick der nackten Hälse. „Wenn die sich das nächste Mal zusammenrotten, schauen wir vor Ort, was sie fressen." Er strich Grey über den Kopf, der inzwischen ein ‚großer Junge' geworden war, der sein Rudel gegen alles und jeden verteidigen werde. Noch lange nicht ausgewachsen, aber furchteinflößend, wenn er knurrend die Zähne fletschte, um Vögel vom Trockenfisch zu verjagen. Einen Fuchs hatte er auch schon beim versuchten Diebstahl erwischt und ihm schmerzhaft gezeigt, wer der Stärkere ist.

„Weißt du, was du für ein Glück hast?", schmunzelte Barny manchmal. „Du bist der Einzige, der hier frei rumlaufen darf." Er blieb nach wie vor mit Hanna durch das Seil verbunden. Zu groß war die Angst, sie durch einen Zeitsprung zu verlieren.

Grey streifte durch das ganze Areal, wo das Häuschen stand, und fing nebenbei Kleingetier, das er nicht teilen musste. Die Geier waren bei jedem Aas-Mahl so weit entfernt, dass es sich nicht lohnte, nur neugierhalber hinzuwandern. Die galoppierende Herde nahm aber immer fast den gleichen Weg, wie sie herausgefunden hatten.

„Legen wir doch einfach eine Fallgrube oder wenigstens eine Stolperfalle an", sagte Hanna eines Abends unvermittelt.

Barny schaute sie verblüfft an. „Stolperfalle. Hm. Ja, das hat was. Auf zwei Metern Breite. Wir wollen ja nur ein Tier und nicht die ganze Herde haben."

„Und nicht zu nah am Fluss, damit uns die vierbeinigen Aasfresser nicht das Leben schwer machen", fügte Hanna hinzu.

Killerinstinkt

Am nächsten Morgen zogen sie auf die Grasebene, ausgestattet mit dünnen Stangen und Klappspaten. Seit sie aus zwei halbierten Baumstämmen einen einfachen Steg gelegt hatten, war auch Grey sicher, der als Welpe ein paar Mal versucht hatte, direkt ins Wasser zu gehen, weil es ihm zu anstrengend erschien, von Stein zu Stein zu springen. Nach einer Stunde Arbeit waren sie zufrieden mit ihrem Werk. Einen halben Meter tief, rund 30 Zentimeter breit und anderthalb Meter lang. Bedeckt von einer Stange, welche die aufgelegten Grassoden halten sollte, die das Ganze gut tarnten.

„Jetzt heißt es warten", sagte Hanna recht zufrieden.

Sie hatten einen Durchschnitt von rund 12 Tagen errechnet, in denen die Herde hier entlang donnerte. Meist geschah das in den ganz frühen Morgenstunden. Grey spürte, dass etwas Besonderes in der Luft lag. Er hielt sich stets in unmittelbarer Nähe zu seinem Zweibeiner Rudel auf. Wieder einmal wurde er eher aufmerksam als die anderen. Die empfindlichen Wolfsohren hatten die Stampede schon gehört, als Hanna und Barny noch schliefen. Grey stupste beide mit der Nase an, schnaufte verhalten und lauschte intensiv. Fast lautlos schlichen alle drei zum Fluss, wo soeben die unzähligen Tiere vorüber preschten. Von etwaigen Verfolgern war nichts zu sehen oder zu hören. Klagendes Muhen ließ alle drei rasch den Steg passieren.

„Das ist ein Ur!", rief Hanna überrascht, das riesige Tier mit großen Augen musternd. „Er hat sich die Beine gebrochen. Sei vorsichtig, der ist trotzdem kreuzgefährlich."

„Glaub ich gern", murmelte Barny. „Der Koloss ist um einiges größer als ein Hausrind."

Hanna packte die Lanze mit beiden Händen, um dem verletzten Tier den Todesstoß zu versetzen, als Grey in Aktion trat. Der Ur hatte sich auf die unbekannten Zweibeiner konzentriert, den Wolf an deren Seite hingegen gar nicht wahrgenommen. Der nutzte die Gelegenheit, packte das Riesentier an der Kehle und biss es nach kurzem Kampf tot.

„Guter Junge!", lobte ihn Hanna begeistert. „Bekommst den ganzen Schwanz für dich allein!" Das setzte sie auch sofort in die Tat um.

Barny stand etwas ratlos an der überdimensionierten Beute.

„Hinterkeule raus trennen!", befahl Hanna, ihren zweiten Dolch zückend.

Barny fasste sofort mit zu.

„Ich will möglichst viel von der Haut und den Därmen haben!", gab Hanna bekannt. „Die ergeben gute Bogensehnen."

„Oh je", Barny kämpfte den Brechreiz nieder, als Hanna den Ur aufbrach.

„Das ist der harmlose Teil", verriet Hanna. „Eklig wird es erst, wenn die Därme gewaschen werden müssen."

„Igitt!" Barny schüttelte sich.

„Wenn wir uns nicht ganz doof anstellen, können wir ungewürzte Wurst machen und räuchern, damit sie lange haltbar bleibt." Hanna begann, auf der oben liegenden Seite das Fell abzuziehen. „Kriegen wir die zweite Hinterkeule gleich noch mit fort?"

„Zu schwer", gab Barny kopfschüttelnd zurück. „Beeilen wir uns lieber, die erste Ladung ins Haus zu bringen und gleich nochmal wiederzukommen. Da oben kreisen schon die Geier!"

„Dann schleife ich die zweite Keule hinter mir her", erwiderte Hanna, sich ans Werk machend.

„Grey, komm mit!", befahl sie, worauf der Wolf die Reste des lecken Schwanzes ins Maul raffte und ihnen hinterher trottete. Gemeinsam hievten sie die zweite Keule über den Fluss. Auf der anderen Seite balgten sich bereits die Aasfresser um die besten Stücke.

„Schade um die schönen Rippenstücke", murmelte Hanna.

Barny lachte schallend. „Wir hätten das ganze Vieh nie mit einem Mal fort bekommen! Wann sind Auerochsen eigentlich ausgestorben?"

„1627 soll in Polen der Letzte erlegt worden sein, so sagt man", gab Hanna nach einigem Nachdenken bekannt.

Barny hatte bereits das eine Hinterbein enthäutet, die Hufe abgetrennt und die Keule im Ganzen überm Feuer an einen langen Spieß gesteckt. Nun passte er auf, dass nichts anbrannte. Grey lag satt und zufrieden neben ihm und hielt ein Nickerchen.

Hanna bereitete die Därme zum Waschen vor. „Nun können wir endlich über den Bogenbau nachdenken", murmelte sie sehr zufrieden. „Federn haben wir von den erlegten Papageien, aus den Schnäbeln versuche ich, Pfeilspitzen zu feilen."

„Du und dein unerschöpfliches Material- und Ideenlager", witzelte Barny. „Aber schneide dir nicht wieder so tief in den Finger. Wir haben keine Heftpflaster und auch kein Verbandmaterial mehr."

„Ich versuche, vorsichtig zu sein", versprach Hanna. Sie fädelte hauchdünne Fleischstreifen zum Trocknen auf ein Stück Angelschnur. „Was für eine Jahreszeit wird wohl gerade in unserer alten Welt sein?"

Barny schaute auf. „Hast du Sehnsucht nach da?"

„Nicht wirklich", seufzte Hanna. „Nur nach einem richtig schönen heißen Bad."

„Der Wunsch sollte nicht ganz unerfüllbar sein", sinnierte Barny. „Wir schachten ein Loch, so eins zwanzig tief, stecken den wasserdichten Sack des Zeltes hinein und füllen das Ganze mit schönem warmen Wasser. Stehbadewanne statt Sitzbadewanne ... oder so."

„Wow! Du bist ober-super-mega-genial!", jubelte Hanna. „Das ist es!"

Grey schreckte auf, lauschte, stupste beide mit der Nase an und knurrte verhalten. Ehe sie sich über das seltsame Gebaren austauschen konnten, bebte die Erde. Die Bäume schwankten und das Donnern eines neuen Geröllab-gangs drang bis zu ihnen.

„Das ist diesmal ganz bestimmt keine Stampe-de", flüsterte Barny.

Hanna atmete tief durch. „Die wird aber gleich einsetzen. Das Plateau besteht aus verwit-tertem Basalt."

„Du willst doch nicht etwa sagen, wir sitzen auf dem Gipfel eines Vulkans?!", rief Barny, wachsartige Blässe annehmend.

„Möglicherweise" entgegnete Hanna.

Grey kuschelte sich zwischen beide. Ihre fühl-bare Ratlosigkeit irritierte ihn. Und wieder hob er den Kopf.

„Da ist die Herde." Hanna war es, die die ers-ten Anzeichen der Massenflucht vernommen hatte. „Hätte mich auch gewundert, wenn die nur wegen einer Handvoll Wölfe wie die Irren davon rennen. Nur scheinen sie nie weit zu kommen. Bei der nächsten Aufregung erschei-nen sie ja immer aus der gleichen Richtung."

Barnys Augen begannen zu leuchten. „Eine Zeit-und-Raum-Blase, in der sie wie die Hamster im Laufrad im Kreis rennen."

„Und wir natürlich mittendrin, so wie es aus-sieht", schnaufte Hanna. „Dass dich die Sache hellauf begeistert, kann ich zumindest nachvollziehen."

„Wir sind jetzt nach unserer Zeitrechnung exakt neun Monate und vier Tage hier", gab Barny mit Blick auf seine Kalenderuhr bekannt.

„Was?! Wie geht denn das? Mir kam es nicht so lange vor, weil es hier keine ausgeprägten Jahreszeiten zu geben scheint", staunte Hanna, selber auf seine Uhr spähend. „Unglaublich! Aber wohl wahr, denn Grey ist inzwischen ein sehr großer Jungwolf." Sie kraulten beide gleichzeitig das dichte weiche Fell. Grey genoss es. „Was wird wohl mit ihm werden, wenn es uns zurück beamt?"

Barny zuckte hilflos mit den Schultern und kraulte den Wolf noch intensiver. „Daran will ich gar nicht denken. Er weiß, wie man große Tiere tötet, er weiß, dass auch Fisch und Früchte fressbar sind. Er wird ganz sicher Anschluss an ein Rudel finden." Barny schnüffelte auffällig.

Hanna zog völlig undamenhaft heftig die Nase hoch. Grey schaute beide fragend an.

„Bist ein guter Junge!", sagte Barny, ein Stückchen vom Fleisch am Bratspieß für Grey abschneidend. „Wenn wir dich irgendwie mitnehmen können, dann werden wir das tun. Und ich schwöre dir, so wahr ich hier stehe, ich werde alles daran setzen, dass du in einem Wildpark fast frei dein Leben genießen kannst." Hanna fest in den Arm nehmend, setzte er hinzu: „Ihr beide seid doch das Einzige, das mir wirklich was bedeutet. Grey ist Familie, um es auf den Punkt zu bringen."

Hanna nickte heftig. Ja, Grey war Familienmitglied.

Fast drei Stunden später war der Braten endlich richtig gar. Sie saßen zu dritt vorm Haus und aßen genüsslich. Inzwischen hatten sie sich daran gewöhnt, ohne Salz kochen zu müssen. Hauptsache man wurde abwechslungsreich satt. Die Sache mit den fehlenden Jahreszeiten bescherte ihnen drei Mahlzeiten am Tag, denn es fand sich immer etwas Essbares. Aus Gründen der Vernunft verarbeiteten sie auch die Ginkgo-Samen. Krabbelkram und Käferlarven mieden hingegen beide.

„Da müsste ich wirklich vorm Verhungern sein", gab Hanna mit verzogenem Mund bekannt, als aus dem gesammelten Brennholz mehrere fette Larven purzelten.

Ein paar Tage später, das Trockenfleisch war bereits in Zipperbeutel verpackt, meldete sich

Grey mit Dauerjaulen vom Fluss. Hanna und Barny griffen nach den Waffen, in Sorge, dem treuen Wolf könne ein Unglück geschehen sein.

„Ach, alles klar! Geier-Alarm!", lachte Barny, weil mehrere der Riesenvögel über dem Grasland kreisten.

Grey lief ein Stück, blieb stehen und schaute sich um.

„Wir kommen ja schon!", rief Hanna. „Mal sehen, was uns der Zufall diesmal beschert."

„Ein winziges Flusspferd?", überlegte Barny.

„Merkwürdig", sagte Hanna ratlos, weil noch nicht allzu viel zu sehen war, das aber tatsächlich an ein Flusspferd erinnerte.

Grey schnüffelte interessiert, scheele Blicke zu den Geiern hinaufwerfend. Sie hielten ihn auch nicht ab, sich sofort an den Resten zu bedienen.

„Egal, was das mal war, es ist ein frischer Riss und das Tier hat Speck. Schnappen wir ihn uns!"

„Die Tiere", verbesserte sich Barny überrascht. „Hängebauchschweine?"

„Hängebauchschweine!", bestätigte Hanna, eifrig den Speck herausschneidend.

Barny und Grey hielten die zahlreich landenden Geier auf Distanz.

„Boah, die Viecher sind genau so hässlich wie riesig! Das sind definitiv keine Geier, die ich unserer Zeit irgendwo gesehen habe. Nicht mal im Zoo." Hanna hackte noch ein großes Rippenstück heraus und schloss den Rucksack. „Rückzug!" Das musste sie auch Grey nicht zwei Mal sagen. Der war froh, der Übermacht der gigantischen Vögel unverletzt entkommen zu können. „Heute Abend gibt es in der Pfanne gebratenes Fleisch!", freute sich Hanna.

Barny leckte sich in Vorfreude die Lippen. Der angeröstete Speck brachte die richtige Würze, sodass am Ende alle drei genüsslich die Augen verdrehten. Seit sie einen gigantischen Ameisenhaufen ausgeräuchert hatten, war endlich Ruhe vor versuchten Essendiebstählen. Rabenvögel gab es offenbar nicht. Denen wäre nur schwer beizukommen gewesen.

Auf den kleinen Beeten, die Hanna angelegt hatte, gediehen Minze und Erdbeeren. Weil die gelb waren, hätte Barny seinen Fund fast nicht gemeldet, wie er es lustig ausdrückte. Es hatte Hanna einige Überzeugung gekostet, ihm beizubringen, dass gelbe Exemplare nicht ausschließlich Züchtungen der Neuzeit waren. Grey befand es für zu aufwändig, die kleinen Früchte mühsam vom Grün zu trennen und so ließ er sie in Ruhe, bewachte die Beete aber erstklassig.

Hin und wieder genehmigte er sich einen vorwitzigen Vogel als Snack. Damit, dass die Papageien hier auf Raubzug kamen, war nicht zu rechnen. Die verließen nie ihr angestammtes Gebiet weiter oben am Bach. Gänse gab es auch irgendwo. Sie sahen öfter welche übers Grasland fliegen, bekamen aber einfach nicht heraus, woher und wohin. Zudem zogen sie so hoch oben ihr Bahn, dass sie selbst mit einem Pfeil nicht zu erreichen gewesen wären.

„Man kann nicht alles haben", seufzte Hanna. „Und wir können nicht meckern. Es geht uns gut."

Barny blinzelte verschwörerisch. „Spät abends sogar noch besser."

„Oh ja", erwiderte Hanna mit diesem Funkeln im Blick.

Grey war die Gepflogenheiten seiner Zweibeiner von klein auf gewohnt, störte sie nicht und kroch erst mit unter die Decke, wenn beide schliefen.

Pünktlich zum nächsten Zeitblasenjubiläum brachte ihnen Grey ein besonderes Geschenk. Er schleppte, an der Kehle gepackt, ein frisch erlegtes Rehkitz heran, von dem er sich nur hatte Zunge und Ohren schmecken lassen. Hanna riss erschreckt die Augen auf.

Barny grinste. „Ich werde doch einen so zarten Braten nicht abweisen! Bist ein guter Junger", lobte er Grey überschwänglich. „Ich werde ihm gleich den ganzen Kopf schenken."

„Stopp! Das Gehirn bekomme ich zum Gerben!", protestierte Hanna. Sie spaltete den Schädel auch sofort mit der Machete.

Grey nahm den Rest dankbar an. Da waren ja noch die leckeren zarten Wangenstücke dran. Deliziös!

„Für uns zur Feier des Tages wieder ein Standbad, ehe der Sack den Geist aufgibt?"

„Gerne!" Hanna bereitete sofort heißes Wasser zu.

Grey beobachtete die merkwürdige Prozedur seiner Zweibeiner lieber von Ferne, wie jedes Mal. Ganz aus der Nähe aber, als Hanna das Kitz endgültig zerlegte. Da gab es reichlich Leckerli abzustauben, die sie und Barny selber nicht mochten.

Hanna spülte und verdrehte die Därme, ehe sie sie zum Trocknen zwischen zwei Bäume spannte. Sie schabte alle Fleischreste von der

Hautseite des Fells, knetete das zerkleinerte gekochte Gehirn ins zukünftige Leder, als wolle sie es auf der anderen Seite wieder herausdrücken. Sie arbeitete auch das wenige Kochwasser auf gleiche Weise ein und es im zusammengewickelten Fell einwirken. Barny schaute genau so neugierig zu wie Grey.

„Ich muss testen. Hab mir beileibe nicht gemerkt, wie es exakt sein muss", seufzte Hanna. „Irgendwie war da noch was mit Räuchern über einem Gestell. Weil ... ist ja mit Hirn kein richtiges Gerben ... oder so."

Barny konstruierte wortlos einen schrägen Rahmen über eine der Feuerstellen. Hanna haucht ihm als Dankeschön einen Kuss auf die Lippen und hängte das Fell in den Rauch von Ginkgo-Ästen, den sie hin und wieder gegen Insektenplagen einsetzten. „Das wird braun", stellte er nach zwei Stunden erschreckt fest.

„Das muss so sein. Oder es ist zumindest normal", gab Hanna bekannt, das Fell immer mal drehend.

Grey begann gefährlich zu knurren und die Menschen wirbelten erschreckt herum. Da tobte auch schon ein Kampf, dessen Ausgang fraglich war. Angelockt vom intensiven Geruch des überm Rauch hängenden Fells, war der einsame Timberwolf angelockt worden, in dessen Revier sie sich niedergelassen hatten.

Er hatte seit Wochen Probleme, allein zu jagen, und setzte nun alles auf eine Karte, um an Nahrung zu kommen. Dass er den Jungwolf, der mit den merkwürdigen Zweibeinern hier lebte, völlig unterschätzt hatte, merkte er schnell. Der ließ sich nicht einfach vertreiben, zahlte mit besserer Münze heim und nach fast zehn Minuten Kampf, gab es einen Wolf weniger. Grey hatte wieder den Kehlbiss angesetzt.

Humpelnd, aus unzähligen Bisswunden blutend, aber siegreich, wankte er zum Haus, wo ihn Hanna und Barny mit den Tränen in den Augen empfingen und sofort untersuchten. Nichts Lebensgefährliches, aber Wunden, die ihre Zeit brauchen würden, um zu verheilen.

„Dem hat er gründlich gezeigt, wer der Chef im Ring ist", stellte Barny begeistert fest.

Den Kadaver schleppten sie im Ganzen zum Fluss, wo ihn die Piranhas innerhalb weniger Augenblicke verschwinden ließen. Grey hatten keinen Anspruch daran erhoben und Hanna brachte es seinetwegen nicht fertig, einen Wolf zu verwerten. Barny war dankbar dafür. Es gab genug andere Beute im Revier.

Um die Wunden zu desinfizieren und die Heilung zu fördern, kochte Hanna Breit-Wegerich-Blätter ab, die reichlich am Rand der Wiese wuchsen. Den abgekühlten Sud goss sie über die tiefen Bisse und legte den Blätterbrei darüber.

Die Prozedur schien Grey gutzutun, denn er blieb liegen, hin und wieder eine Stelle beschnüffelnd, die er mit der Nase erreichen konnte.

Auch Barny stellte rasch fest: „Es scheint ein bisschen die Schmerzen zu lindern."

„Wenn das neben der erwarteten Desinfektion auch noch herauskäme, wäre es fantastisch", murmelte Hanna, Grey zwischen den Ohren kraulend. „Bist ein richtiger Held, mein Großer!"

„Warum hast du unsere Schnittwunden nie damit behandelt?", fragte Barny plötzlich.

Hanna kicherte. „Weil es mir eben erst wieder eingefallen ist, was helfen könnte. Hat wohl bisher die richtige Panik gefehlt, um uraltes Wissen an die Oberfläche zu spülen."

„Okay. Das lasse ich als Argument gelten", grinste Barny.

„Man kann es im Notfall auch roh zerkauen und auf Wunden legen. Speichel desinfiziert ja zusätzlich", gab Hanna bekannt.

Barny kratzte sich am Bart. „Hach ... es ist schon so ein Ding mit uraltem Wissen. Ich hatte das mit dem Speichel auch mal gelesen. Du bist immer wieder einsame Spitze, wenn es darum geht, Wissen in der Praxis umzusetzen."

„Honig wäre auch gut. Haben wir aber nicht. Nicht mal Bienen sind hier zu finden. Weiß der Geier, was hier alles die Pflanzen bestäubt!" Hanna begann Speckreste auszulassen, um Rehscheiben zu braten. „Wir müssen bei Gelegenheit endlich nach Mahlsteinen suchen", schlug sie vor.

„Du weißt natürlich auch schon wo", erwiderte Barny. „Vermutlich bei den Geröllströmen."

„Drei Punkte für den Kandidaten!", schmetterte Hanna. „Wenn du die Drohne mitnimmst, bekommen wir vielleicht eine Antwort zu vielen Fragen."

„Überzeugt", sagte Barny kurz.

Grey hatte nicht vor, sich hängen zu lassen. Er schlief ein paar Stunden am Stück, dann stemmte er sich auf die Pfoten, inspizierte ausgiebig seine Schrammen und ließ sich das Abendbrot schmecken. Einem Ausflug zu den Geröllfeldern stand nichts im Wege. Nur dass er auf diesem dann stets bei ihnen blieb, war anders als sonst.

Barny ließ direkt vom Waldrand aus die Drohne fliegen. „Wow, da muss ja ein halbes Gebirge weggebrochen sein!", staunte er.

„Wundert mich nicht, so wie die Bäume geschwankt haben", erwiderte Hanna. „Steuere den Vogel mal weiter übers Tal."

„Dampfschwaden?" Barny dirigierte die Drohne näher heran. „Oha! Ohhhaaaa! Das ist eine blubbernde Schlammlandschaft! Da wundert mich nichts mehr!"

„Stopp!", rief Hanna. „Drehe mal mehr nach links!"

„Du lieber Gott!" Barny nahm wächserne Blässe an. „Lava."

„50 Kilometer? 70 Kilometer?", überlegte Hanna laut.

„Egal, wie viele, es ist beängstigend", murmelte Barny sichtlich geschockt.

„Die Art des Lavaflusses erinnert mich an Hawaii. Gut für uns, sie fließt nicht in unsere Richtung." Hanna wirkte zufrieden.

„Dass du dich bezüglich vulkanischer Aktivität geirrt haben könntest, habe ich nicht erwartet", murmelte Barny. „Mich entsetzt nur das Ausmaß dieser."

„Das können wir uns leider nicht aussuchen, sind aber gewarnt." Hanna ließ den Blick über das Geröll streifen. Sie hatte nicht vergessen, weshalb sie hierher gekommen waren. Grey blieb freiwillig bei Barny, als sie näher an den Bergrutsch ging. Mit einem Jubelschrei bückte sie sich und gleich darauf noch einmal. „Ich habe Mörser und Pistill!", lachte sie, rasch zu ihnen zurückkommend. Sie präsentierte Barny einen handlichen Stein mit Mulde und eine dazu passende rundgeschliffene Knolle. „Das müssen wohl mal Teile eines Beckens unterhalb eines uralten Wasserfalls gewesen sein, wenn sie gar so glattgeschliffen sind. Perfekt, als hätte sie extra jemand für mich maßgefertigt."

Barny überlief ein Frösteln. „Ich habe immer noch Furcht, es könnten wenig freundlich gesonnene Menschen auftauchen."

Hanna wurde erst. „Auch das müssten wir hinnehmen. Wobei ich arge Probleme hätte, andere zu töten, um nicht selbst getötet zu werden, so diese auf Kampf aus wären." Sie strich Grey über den Kopf. „Gehen wir nach Hause."

Barny lud die Steine in seinen Rucksack und bildete die Nachhut. Grey trabte ihnen langsam voran. Mit ‚nach Hause' verband er nur Angenehmes. Da gab es Futter, da gab es Kuschelstunden und da gab es Schutz vor Regen und Wind. Kaum angekommen, drehte er eine Inspektionsrunde ums Karree. Alles in Ordnung. So legte er sich vorm Haus in die Sonne. Die Wärme tat gut. Die Wunden schmerzten und zerrten an seiner Kondition.

Hanna stand vorm Vorratsregal. Sie musste schmunzeln, als sie sich nicht zwischen Trockenfisch und -fleisch entscheiden konnte. Barny grinste ebenfalls, weil er ihr die Gedanken an der Nasenspitze ablesen konnte. Ja, für die einfachen Verhältnisse ging es ihnen ausgesprochen gut.

„Wie wäre es mit Maroni?", fragte er.

„Gute Idee", gab Hanna zu, „obwohl ich Appetit auf Makkaroni hätte."

„Ach ja", murmelte Barny. „Und Pizza mit dreifach Käse."

Hanna fachte das Feuer unterm Kessel an. „Nach dem Essen werde ich versuchen, das

Getreide zu mahlen. Man könnte Nudeln machen und mit Kräuterpaste essen. Oder aber Schüttelbrot mit Wiesenkümmel. Das hält sich lange."

„Ich plädiere als ersten Versuch auf Schüttelbrot", gab Barny bekannt. „Ich helfe dir auch, die Körner raus zu pulen, weil wir keine Möglichkeit haben, anders die Spreu vom Getreide zu trennen."

Grey verschlief die Essenszeit, weil ihn der kurze Ausflug doch zu sehr angestrengt hatte. Barny schmeckten die Maroni vorzüglich. Dazu gab es einen großen Streifen Trockenfleisch vom Ur. Barny hielt auch Wort und pulte Körner aus.

Feinste Küche

„Du kannst ruhig schon mahlen", sagte er vergnügt lächelnd, weil es Hanna kaum erwarten konnte.

„Wenn man Milch hätte, könnte man Grießbrei kochen", erklärte sie, als das Getreide die richtige Konsistenz dafür hatte. Auf Barnys breites Grinsen musste sie lachen. „Ja, ich weiß, man könnte in den Supermarkt gehen, wenn man einen hätte."

Beide zuckten mit lustiger Grimasse mit den Schultern und arbeiteten emsig weiter. Das feine weiße Mehl füllte Hanna in den letzten großen Zipperbeutel, der noch nicht den Geist aufgegeben hatte.

„Ziemlich mühseliges Unterfangen für nicht ganz zwei Hände voll Mehl", stöhnte Barny.

Hanna erstarrte plötzlich mitten in der Bewegung. „Hast du das Drohnenvideo gespeichert?"

„Ja. Warum?"

„Weil ich glaube, etwas gesehen zu haben, das nahrungstechnisch interessant sein könnte", flüsterte Hanna.

Barny war mit einem Satz im Haus, um das Gerät zu holen. Hanna räumte die Mahlsteine vom Tisch. Dann sichteten sie gemeinsam die Aufnahme.

„Da!" Hanna zeigte nach ein paar Minuten aufgeregt an den Rand des Bildes. „Zoom das mal auf! Ha! Hab ich doch richtig gesehen! Kokospalmen!"

„Und sogar was dran!", staunte Barny.

„Will ich haben!"

„Sollst du kriegen", versprach er. „Ist vielleicht ein halber Tagesmarsch hin und zurück."

„Mal sehen, wie sich Grey morgen fühlt", seufzte Hanna.

„Keine Sorge, hat er es heute geschafft, dann auch morgen. Er wäre ganz sicher hiergeblieben, hätte es ihn überfordert. Schließlich ist er ein Wolf und kein Schoßhund."

Hanna lächelte vergnügt. „Hast ja recht. Manchmal vergesse ich das eben, weil er ein ausgemachter Kampfschmuser ist."

Barny grinste. „Ein riesiger plüschiger Kampfschmuser."

Sie betupfte am Abend noch einmal Greys Wunden mit Wegerich-Sud, der das mit stoischer Ruhe über sich ergehen ließ, anschließend allerdings besonders kuschelbedürftig war.

„Wie war das mit dem Kampfschmuser?", witzelte Barny, als Grey alles daran setzte, mit unter die Decke zu kriechen.

Dafür wollte er mitten in der Nacht plötzlich raus. Barny öffnete im Halbschlaf die Tür und war beim nächsten Wimpernschlag hellwach. Grey rannte mit fliegenden Pfoten zum Fluss. Barny fasste beunruhigt zu den Waffen, ließ aber Hanna weiterschlafen. Ein schrilles Quieken riss sie schließlich wie von einer Stahlfeder getrieben von der Thermomatte.

„Was ist das?!", hauchte sie. „Und wo ist Grey?", fügte sie mit panischem Unterton hinzu.

Ehe Barny antworten konnte, glühten zwei Augen im Mondlicht auf. Grey kam zurück, ein Tier, kaum kleiner als er selbst war, mit sich zerrend. „Ein Schwein! Er hat ein Hängebauchschwein erlegt", stotterte Barny überrascht, als ihm der Wolf seine Beute zu Füßen legte. „Guter Junge!"

Hanna säbelte die Ohren und den Schwanz ab, mit denen Grey im Haus verschwand, um genüsslich daran herumzukauen. Weil es noch viel zu dunkel war, zogen sie den Kadaver ebenfalls ins Haus, um ihn am Morgen ganz in Ruhe zu zerteilen. Barny legte ein wenig Holz in den Feuergruben nach.

Es kam selten vor, dass Grey Unfug anstellte, wenn, dann aber richtig. Und diesmal fraß er sich zu den Innereien des Schweins durch, als die anderen eingeschlafen waren.

„Kannst nicht mal schimpfen", grinste Barny am Morgen. „Ist seine Beute. Da haben wir, als an der Jagd unbeteiligtes Rudel, Sendepause."

Hanna nickte seufzend und rettete noch vor der Morgenwäsche wenigstens den unberührten Speck. Grey war satt und nun durften sich die anderen ihren Anteil holen. Er hielt auch still, als Hanna seine Bisswunden begutachtete. Sie waren allesamt am Heilen. Trotzdem strich sie noch einmal Wegerich-Sud auf. Grey gähnte herzhaft, ausgiebig seinen Pelz in der Morgensonne wärmend.

Als sie sich nach dem Frühstück zur Exkursion bereit machten, war er schlagartig putzmunter, um bloß nichts zu verpassen.

Barny kraulte ihn unterm Kinn. „Ich dachte schon, du wärst heute Schlafhund statt Wachhund. Kommst du mit?"

Grey war sofort auf den Beinen. Mitkommen? Na logisch! Was für eine Frage?! Gemächlich dahin trotten, herumschnüffeln, hin und wieder kleiner Kampfeinsatz, um leckeres Getier zu erbeuten. Ein Wolfshimmel auf Erden.

„Ich sehe dir an der Nasenspitze an, was du denkst", grinste Barny.

Hanna geriet schon auf dem Weg zu den Kokospalmen völlig aus dem Häuschen. „Schau mal da! Bambus. Damit können wir so beinahe alles machen. Inklusive einer Wasserleitung vom Fluss zum Haus legen", jubelte sie. „Und wir können diverse Bolzenwaffen mit wenig Aufwand herstellen, weil die dünnen Triebe extrem elastisch sind."

„Ah ja, ich merke schon, dass Hanna MacGyvers Hirn auf Hochtouren läuft", platzte Barny lachend heraus. „Na, meinen Segen hast du, solange du das Zeug nicht jetzt sofort mitschleppen willst."

Hanna grinste vergnügt und Grey wedelte mit der Rute. Er mochte es, wenn sein Rudel so fröhlich gestimmt war. Nach rund anderthalb Stunden erreichten sie die sandige Fläche mit dem doch recht großen Palmenhain.

„Absolute Vorsicht!", mahnte Barny. „Die Dinger sind tödlich, wenn sie treffen!"

„Wir schauen uns erst mal ein bisschen um", legte Hanna fest. „Von hier irgendwo muss man doch einen grandiosen Blick auf den Vulkan haben."

Sie fanden die Stelle rasch. Wie gebannt stehenbleibend, zogen sie die Ferngläser aus den Rucksäcken und ließen beeindruckt den Blick schweifen.

„Überwältigend wie beängstigend", murmelte Barny.

Hanna nickte stumm. Nach wenigen Sekunden bewegte sie den Kopf hin und her. Barny schaute sie fragend an.

„Ich höre einen Wasserfall", gab Hanna Auskunft. „Da lang!"

Barny und Grey folgten ihr sofort.

„Juhuuuuu!" Hanna war in sekundenschnelle aus den Kleidern und unterm munter rauschenden Wasser. Sie hatte, inklusive Rucksack, alles einfach an Ort und Stelle fallen lassen. „Ein Mal in der Woche machen wir ab sofort mindestens hier Badetag!", legte sie mit wohlig verdrehten Augen fest. Nicht einmal das Seil um den Körper schien sie zu stören.

Barny war ebenfalls bei drei ausgezogen und gönnte sich das Duschvergnügen unter dem etwa vier Meter hohen und zwei Meter breiten Vorhang aus Wasser, der gemächlich herab plätscherte. „Ach, ist das herrlich! Körperpflege, ohne Angst haben zu müssen, schon beim Wasserschöpfen von Piranhas vernascht zu werden."

Grey trank das klare Nass nur in langen Zügen. Die Wunden hielten ihn offenbar von einem Bad ab. Er legte sich zu den Rucksäcken, um sie zu bewachen.

„Irgendwie bekomme ich gerade Lust auf anderes, als Duschen", murmelte Barny mit funkelnden Augen.

„Und was hält dich ab?", blinzelte Hanna.

„Berechtigte Frage." Barny suchte eilends und sehr genüsslich den ersehnten Hautkontakt.

Greys Schulterzucken wäre ihnen sicher gewesen. Aber der döste auf den von der prallen Sonne herrlich aufgeheizten Steinen. Das Seil, mit dem sie stets verbunden blieben, werde schnell trocknen. Rundum glücklich begannen sie mit dem Nüsse-Sammeln.

„Ihr beide bleibt außerhalb der Gefahrenzone!", gebot Barny. „Ich werde aufklauben, was ich finden kann, und du sagst mir die Richtung, in die ich rennen muss, wenn was von oben kommt."

„Geht klar!" Hanna beobachtete intensiv jene Palme, unter der sich Barny sofort ans Werk machte.

Sie blieben von jeglichem Ungemach verschont. Barny präsentierte stolz den fast vollen Rucksack.

„Auf zwei Rucksäcke verteilen, Bambus holen und dann ab, nach Hause!"

„Geht los!" Barny schüttete ein Drittel in Hannas Rucksack.

Dann trabte sie voran. Grey folgte ihnen, wieder interessiert in der Gegend herumschnüffelnd.

„Schön, zu sehen, dass es ihm etwas besser geht", freute sich Hanna, die Machete zückend, um den begehrten Bambus abschlagen zu können. Sie wählte einen dicken und vier dünne Stämme, die Barny zusammenband und hinter sich her schleifte.

Als die vielen Nüsse zu Hause verstaut waren, griff sich Hanna die Größte, die sie beiseitegelegt hatte.

„Säge?", fragte Barny.

„Nein. Faustkeil", lachte Hanna, einen der tatsächlich rein zufällig so aussehenden Granitbrocken zur Hand nehmen.

„Hä?" Barny hob die Augenbrauen, interessiert zuschauend, wie Hanna wirklich ohne jegliches Werkzeug die riesige Nuss knackte. Sie schlug mit der Spitze des Steins die drei augenähnlichen Flecke ein, ließ die Kokosmilch in einen Topf ablaufen und begann mit Kante des Steins rundum und gleichmäßig auf die Nussschale zu schlagen.

„Wow", hauchte Barny beeindruckt, als die Schale beim letzten Hieb glatt in zwei Hälften zerbrach. „Da hätte ich mich mit der Säge echt zum Affen gemacht."

Hanna lachte übermütig. „Bei den Ausgrabungen in Ägypten gelernt", verriet sie schließlich. „Das Fleisch darfst du rauspopeln."

Barny grinste und hob vorsichtig Stück für Stück mit einem kleinen Dolch aus der Schale, um diese ja nicht zu beschädigen. Hanna freute sich schon sehr auf die vielen natürlichen Vorratsbehälter.

„Einen Teil der Milch möchte ich zum Backen haben", erklärte sie.

Barny lächelte. „Kein Problem. Zum Trinken ist sie mir schon fast zu süß. Nur dem Fleisch kann ich kaum widerstehen."

„Lang zu!", kicherte Hanna, ebenfalls sehr genüsslich an einem großen Stück knabbernd.

Grey rümpfte die Nase.

„Auch gut", waren sie sich schmunzelnd einig.

Hanna begann schließlich Mehl mit Kokosmilch und Wasser zu mischen, formte kleine Fladen und buk sie auf einem flachen Stein im Feuer des gemauerten Herdes aus.

Barny schnüffelte fast, wie es Grey meist tat. „Also der Duft ist schon mal köstlich", stellte er hocherfreut fest, um nach dem Kosten anzufügen: „Glatte fünf Sterne!"

Dieser Meinung war Grey nun wohl auch, denn er bettelte.

„Was sagt uns das?", fragte Hanna, um gleich selber anzufügen: „Keine Vorräte anlegen, weil er die plündern würde."

„Vermutlich nicht nur er", gab Barny breit grinsend zu.

Hanna schmunzelte. „Macht mich glücklich, dir unter diesen Bedingungen echte Gaumenfreuden präsentieren zu können. Wenn ich es schaffe, aus Bambus verschließbare Dosen zu schnitzen, ist ein kleiner Vorrat nicht ganz utopisch."

„Ich ziehe meinen Hut, junge Frau", staunte Barny. Noch mehr, als sie innerhalb der nächsten Stunde mit der Machete wirklich eine hohe runde Dose mit Deckel aus dem dicken Bambusstamm schnitt und hackte. Aus zwei weiteren Segmenten, die sie verbunden ließ, kreierte sie eine längliche Mehl- oder Kornschaufel mit Griff. „In einem Bergdorf in China abgeschaut", kommentierte sie, ziemlich zufrieden ihre Kreationen begutachtend. „Jetzt, wo ich weiß, dass es ohne Spezialkenntnisse geht, wenn auch langsam, weil ungewohnt, ist uns richtig viel möglich."

Barny nahm sie fest in die Arme. „Ich bin wahnsinnig stolz auf dich." Er schnitt sich vom dünnsten Bambus rund einen Meter ab und begann eine Mini-Armbrust für Bolzen zu bauen. Diesmal war es Hanna, die mit großen Augen staunte. Barny opferte sogar einen ummantelten Spanngummi. „Damit ist der Durchschlag garantierter als mit einem Darm."

„Oh ... mein ... Gott!" Hanna konnte nach dem ersten Probeschuss kaum glauben, wie tief der winzig wirkende angespitzte Bambusbolzen in das Holz der anvisierten Fichte eingedrungen war. „Damit kannst du glatt einen Elefanten erlegen!"

„Nimm du sie. Du bist die bessere Jägerin", bat Barny.

Hanna dankte sehr und schnitt sich einen großen Vorrat an Bolzen, den sie in ihren Jagdbeutel aus Hängebauchschwein-Leder steckte.

Dass es nicht ganz unbegründet war, Elefanten erlegen zu können, merkten sie, als Hanna bei der nächsten Stampede einen Ur aus dem Hinterhalt mit einem Blattschuss niederstreckte.

„Das war jetzt eher Zufall", murmelte sie überrascht. „Denn so, wie der Boden heute bebt, ist an Zielen kaum zu denken."

„Das macht mir auch Sorgen", brummte Barny. „Mir geht der Hintern echt auf Grundeis, wenn ich an einen großen Vulkanausbruch denke. Einen pyroklastischen Strom würden wir hier kaum überleben, meine ich."

„Leider wahr", gab Hanna zu, mit ihm gemeinsam die Hinterkeulen vom Rumpf des Auerochsen trennend.

Grey fraß sich an Ort und Stelle satt, nachdem Hanna die Bauchdecke aufgeschnitten hatte, damit er die Haut, die sie abziehen wollten, möglichst in Ruhe ließ. So schleppten sie das Fleisch zum Haus, kamen sofort zurück und retteten das Leder. Grey hatte die riesigen Geier auf Distanz gehalten, die sich, kaum dass die merkwürdigen Zweibeiner das Feld geräumt hatten, um den leckeren Kadaver prügelten.

„Feinste Küche für alle", lachte Barny, als sich Grey vor dem Häuschen die Blutreste aus dem Fell leckte.

Für sie gab abends mit Schweinespeck in der Pfanne angebratenes Rind, garniert mit gedünstetem wildem Lauch, schmackhaften Wildrübenstreifen und einer Soße die Hanna aus dem Bratensud, mit etwas Mehl bestäubt, zauberte.

„Ist das lecker", seufzte Barny.

Hanna atmete tief durch. „Wenn nur die Erdstöße nicht wären! Ohne sie lebten wir glattweg paradiesisch. Wie lange sind wir überhaupt schon hier? Ich habe aufgehört, die Tage zu zählen."

„Ich auch." Barny schaute etwas genauer auf die Uhr, welche er Tag für Tag sehr akribisch aufzog, rechnete nach und verkündete: „Es sind zwei Jahre und 47 Tage."

„Keine Ahnung, ob ich lachen oder weinen soll", murmelte Hanna.

Barny hob hilflos die Hände, Hanna fest an seine Brust ziehend. „Wir halten durch."

„Hast du Hoffnung, hier je wieder wegzukommen?"

„Hab ich." Er hielt sie fest umschlungen.

Grey steckte seinen Kopf zwischen ihre Köper, worauf ihn beide mit einer Hand an sich drückten.

Hanna gab sich einen Ruck. „Ich werde ein paar Kokostaler backen. Die haben wir uns verdient." Als sie die Vorratsdose aus Bambus öffnete, seufzte sie. „Oh je, das Mehl ist fast alle."

Barny zeigte auf die kunstvoll geflochtene Kiepe aus Bambus und Bananenblättern. Damit war klar, dass am nächsten Tag eine lange Exkursion zu den Papageien-Kolonien anstand, wo das wilde Getreide in wirklich großen Mengen wuchs.

„Nun muss es nur noch reif sein", merkte Hanna an.

„Stimmt."

Hanna fasste sich an den Kopf. „Ich habe doch noch einen Haufen Esskastanien! Daraus kann ich ja auch Kokos-Fladen zaubern!"

„Wir gehen trotzdem auf Tour", legte Barny fest.

„Du hast Appetit auf Federvieh", stichelte Hanna.

„Richtig! So ein knusprig am Spieß gegrillter Papagei ist echt lecker", gab er zu. „Vor Geierfleisch würde es mich ekeln. Warum auch immer. Ist einfach so."

Hanna nickte. „Würde ich nur essen, wenn gar nichts anderes verfügbar wäre. Und bestimmt auch nicht mit Appetit."

Am Zielort angekommen, stellten sie fest, dass das Getreide grün und die Papageien kaum zu entdecken waren.

„Frühling, Brutzeit oder so", seufzte Barny. „Das war dann wohl nix."

Hanna legte einen Finger auf ihren Mund. Grey hob im selben Moment den Kopf, als Barny vernahm, was ihr aufgefallen sein musste – Entengeschnatter. Er hoffte inständig, dass Hanna schneller als Grey Beute machen möge, denn eine kleine Ente war für den Wolf sicher nur eine Zahnfüllung. Und der schlich sich bereits lautlos an den Weiher heran, der hinter einem Gürtel aus Sträuchern liegen musste.

Hanna blieb stehen. Gegen Grey hatte sie keine Chance. Es bestand aber durchaus die Hoffnung, dass die aufgescheuchten Tiere in ihre Richtung flogen. Barny durchschaute den Plan. Wildes Geschrei, Flattern und Plätschern rissen ihn aus seinen Gedanken. Da hatte Hanna auch schon den ersten Bolzen verschossen, gleich darauf den Zweiten und noch einen Dritten. Sie rannten gemeinsam los, den getroffenen Tieren den Garaus zu machen.

„Vier!", staunte Barny.

Hanna nickte begeistert. Sie hatte mit dem letzten Bolzen gleich zwei Enten erlegt, der den Kopf der einen durchschlagen und im Körper der anderen stecken geblieben war. Die Kiepe füllte sich. Aus den Büschen tauchte Grey auf.

„Verrückt! Er hat eine Gans erwischt!", lachte Barny.

Grey fraß sie halb auf. Hanna steckte den Rest mit in die Kiepe. Morgen werde Grey sicher auch wieder Hunger haben.

„Autsch!"

„Was ist passiert?", fragte Barny.

„Aua, aua, aua", stöhnte Hanna. „Mich hat gerade ein ziemlich großes Insekt gestochen. Bestimmt so groß wie eine Hornisse. Schau mal, wie dick mein Bein plötzlich wird!" Augenblick später übergab sie sich heftig und es sah ganz danach aus, als würde sie zusammenbrechen.

„Mach keinen Scheiß!" Barny konnte sie gerade noch festhalten, als sie wirklich zusammensackte. „Hanna! Hanna! Grey, schnell nach Hause!" Er nahm Hanna auf die Arme und eilte davon. Grey folgte ihm winselnd.

Das Bein schwoll in kürzester Zeit auf fast das Doppelte an, sodass Barny Hanna den Bergschuh abstreifen musste, den er achtlos mit in die Kiepe warf. „Sieht nicht gut aus", flüsterte er, nach dem Puls an Hannas Hals fühlend. Der Weg zum Haus schien endlos zu sein und Barny kroch Panik an. Grey trabte neben ihm einher, immer wieder fiepend.

Als Barny endlich mit letzter Kraft ins Häuschen stolperte, konnte er Hanna nur noch langsam auf die Schlafsäcke sinken lassen. Ihm drehte sich von der Anstrengung alles vor Augen. Er vergaß vor lauter Sorge um Hanna sogar glattweg, die Kiepe abzusetzen. Erst, als sie ihn beim Kühlen der Schwellung behinderte, fiel es ihm ein.

Das zweite Handtuch legte er auf Hannas Stirn, die auch immer heißer wurde. Dann machte er von dem dunkelrot anlaufenden geschwollenen Bein ein Foto. Hanna öffnete die

Augen erst zwei Stunden später, sich verloren umschauend.

„Mein armer, armer Schatz", flüsterte Barny, zärtlich ihr Haar streichelnd.

Grey lag neben ihr, sich eng an ihren Arm schmiegend.

„Danke", wisperte Hanna.

Barny zog geräuschvoll die Nase hoch. „Ich wäre dir sofort gefolgt, hättest du mich verlassen."

Auf welche Weise zeigte die Armbrust, die mit einem Bolzen auf dem Boden neben der Schlafstatt lag. Nun legte er sie zu den anderen Waffen ins Regal.

„Konntest du die Enten retten?"

„Konnte ich. Sie hängen zum Ausbluten draußen an einem Ast."

„Sehr gut." Hanna schloss wieder die Augen. „Hast du ein wenig Kokosmilch für mich?"

„Gleich, mein Schatz." Barny schlug einer Nuss die drei Augenflecke ein. Das Plätschern der Kokosmilch weckte Hanna. Barny half ihr, sich aufzusetzen. Sie trank den ganzen Becher in einem Zug leer.

„Das tat gut." Sie versuchte, das geschwollene Bein zu bewegen. „Wie sieht es unter dem Tuch aus?"

„Unschön", murmelte Barny.

„Stimmt", gab Hanna zu, als er das Tuch zum neu Befeuchten herunter nahm. „Heute Nacht sollten wir es mit Wegerich Sud zum Kühlen versuchen."

Barny schlug sich an die Stirn. „Ich riesengroßer Trottel! Warum habe ich das nicht sofort vorbereitet? Kannst du mir verzeihen?"

„Mach dir keine Vorwürfe. Du hast doch alles getan, was auf die Schnelle möglich war." Hanna betastete ihr Elefantenbein.

„Na ja. Ein kleines bisschen besser sieht es schon aus, als noch vor zwei Stunden", murmelte Barny, ihr das Foto zeigend.

„Na siehst du, alles richtig gemacht!", strahlte ihn Hanna an.

Barny hängte sofort den Wasserkessel übers Feuer und legte die letzten Wegerich-Blätter bereit. „Morgen muss ich irgendwie Nachschub besorgen. Dafür trage ich dich mitsamt Stuhl auch bis zum Flussufer."

Hanna lächelte sanft. „Gib mir bitte mal die kleine blaue Kunststoffbox rüber!"

„Oh. Salbe?", staunte Barny.

„Heilsalbe und Kühl-Gel." Hanna hielt ihm das geöffnete Kästchen hin. „Das Gel wird bei der riesigen betroffenen Fläche nichts nutzen, aber die Salbe könnte helfen."

Barny goss die Kräuter auf, behielt die Uhr im Auge und stellte den Sud zum Abkühlen beiseite. Dann begann er die geleerte Kokosnuss, wie es Hanna getan hatte, mit dem Stein zu bearbeiten. „Ich bin ja richtig ein bisschen stolz auf mich", kicherte er, als die Schale endlich doch noch in zwei Hälften brach.

Hanna blinzelte ihm fröhlich zu. Sie bekam allerdings große Augen, als er anschließend begann, die Maroni zu zerkleinern und zu mahlen. Das fertige Mehl füllte er in einen ihrer genialen Bambus-Behälter. „Ich werde versuchen, mich beim Küchendienst nicht zu blamieren", versprach er mit treuherzigem Augenaufschlag.

„Die Anfänge sahen doch schon richtig gut aus", lobte Hanna.

„Hach, das geht runter, wie Öl", schmunzelte Barny. „Ich werde jetzt ein Entchen an den Spieß stecken."

„Denke an die Galle und stecke den Bauchschnitt mit Bambusspießen zu, damit das Fett nicht wegläuft", riet Hanna.

„Guter Plan", grinste Barny ertappt, der absolut nicht an die Galle gedacht hätte.

„Stopp!", rief Hanna lachend, als er draußen das Messer ansetzte. „Bring den Piepmatz lieber rein und lass mich machen."

„Was habe ich diesmal falsch gemacht?", fragte Barny kleinlaut.

Hanna grinste breit. „Wie wäre es mit Rupfen vor dem Ausnehmen?"

„Sechs! Setzen!", stöhnte Barny. „Nun habe ich mich doch noch gründlich zum Affen gemacht."

„Ach Quatsch! So oft, dass du alles auf Anhieb perfekt wissen musst, hatten wir ja nun wirklich keine Vögel am Spieß." Hanna begann die Federn auszureißen und nahm die Ente gleich noch aus.

Barny brachte ihr Wasser zum Händewaschen und den abgekühlten Sud für das Bein. Erst dann steckte er die Ente zu und am Spieß übers Feuer. Hanna nickte zufrieden. Das hatte er sich zumindest hervorragend gemerkt. Sie wrang das Tuch aus und wickelte es um die Schwellung.

Die Hitze schien wieder ein bisschen nachgelassen zu haben, genau wie die Intensität der Verfärbung. Hanna schlief ein, bewacht von Grey, der ihr keinen Meter von der Seite wich. Barny konnte sich ganz auf den Braten konzentrieren.

Am späten Nachmittag war dieser gar. Als Barny noch überlegte, dass es besser sei, Hanna weiterschlafen zu lassen, kam sie mit Grey aus dem Haus gehumpelt. „Bin ich froh, dass du wieder ein bisschen auf den Beinen bist", rief er überrascht.

„Ich muss dringend hintern Strauch", blinzelte Hanna, sich von ihm bis dort stützen lassend.

„Ich werde dir einen geraden Ast mit Gabel besorgen, den du als Krücke nehmen kannst", versprach Barny sofort.

„Oh. Prima. Da wäre ich nun wieder nicht drauf gekommen", gab sie zu. „Hmmm, der Piepmatz riecht lecker."

„Das denkt Grey wohl auch gerade", erwiderte Barny beunruhigt.

Nur gut, dass das Feuer den Wolf abschreckte, sodass er sich auf seinen Gänserest besann, der auch noch neben der Tür herumlag.

Hanna schmeckte die Ente vorzüglich, worüber sich Barny mächtig freute. Dann hinkte

Hanna ins Haus zurück, um sofort wieder zu schlafen. Sie merkte nicht einmal, dass Barny ihr Bein vorsichtig einsalbte, die Feuergruben neu befüllte und neben ihr unter die Decke kroch.

Grey schreckte in der Nacht mehrmals auf, geisterte herum und Barny gab es schließlich auch auf, schlafen zu wollen. Irgendetwas schien den Wolf tief zu beunruhigen. Immer wieder legte er seinen Kopf neben Hanna auf die Decke, ehe er erneut herumwanderte.

Es wird bedrohlich

Äußerst heftige Erdstöße weckten die Schlummernden am Morgen. Die gesammelten Vorräte fielen aus dem Regal, der Buggy stürzte um und Barny zerrte Hanna hoch, um sich mit ihr unter den Türbalken zu retten. Grey drückte sich zitternd an Barnys Beine. Draußen prasselten Äste herab, einer durchschlug sogar das Dach.

„Verdammte Scheiße", quetschte Barny wenig gentlemanlike hervor.

Hanna nickte stumm, sich an ihn klammernd. Ihr steckte der Schreck tief in den Knochen. Barny sah aber auch fast wie eine frisch gekalkte Wand aus. Noch zwei leichtere Erdstöße, dann war der Spuk vorüber.

„Ich will hier weg!", grummelte Barny.

„Ich auch! Hauen wir ab?" Hanna verzog schmerzhaft das Gesicht. „Woher nehmen wir einen guten Fluchthelfer?"

„Ja, genau da liegt das Problem", murmelte Barny.

„Und das Nächste kündigt sich schon an", flüsterte Hanna. „Riechst du das?!"

„Schwefel."

„Richtig. Solange es nicht regnet, sind wir halbwegs sicher."

Barny schnaufte. „Ich möchte am liebsten noch einmal das Tor in unsere Welt suchen gehen. Aber erst, wenn du wieder richtig fit bist." Er betrachtete nachdenklich das Bananenblatt, das sie wegen ihres dicken Fußes als eine Art Schuh zusammengesteckt hatte.

Grey blieb freiwillig im Haus. Ihm war alles nicht geheuer. Draußen sah es wie nach einem Orkan aus. Und dieser Gestank! Der malträtierte seine feine Nase gewaltig.

Barny raffte sich nach dem Frühstück auf, die Schäden am Dach zu begutachten. „Ich muss nur ein paar neue Bananenblätter einfügen", rief er hinunter.

„Na, wenigstens eine gute Nachricht", seufzte Hanna, ihr Bein einsalbend. Sie war Barny überaus dankbar, das am Vorabend noch praktiziert zu haben. Verfärbung und Schwellungen waren deutlich zurückgegangen. Man konnte sogar den Knöchel ahnen.

Auch gerade noch so erahnen konnte man, wo ihre Beete gelegen hatten. Die waren mit einem dicken Teppich aus allerlei Zweigen bedeckt, die Barny Stück für Stück besonders vorsichtig herunternahm. Mit hängendem Kopf betrachtete er die zerknickten Pflanzen und zermatschten Früchte.

Hanna winkte ab. „Das Wichtigste ist doch, dass es uns dreien gut geht.“

„Was man halt so als Gutgehen bezeichnet“, merkte Barny an, besorgt ihr geschwollenes Bein taxierend.

Sie konnte weder das Fuß- noch das Kniegelenk knicken und er reichte ihr schließlich vom Boden zu, was sie in die Regale zurücklegen wollte.

„Mein armer Schatz“, flüsterte er, als sie sich nach getaner Arbeit wieder hinlegen musste. „Pass gut auf Hanna auf“, wandte er sich an Grey, der sich sofort mit Körperkontakt neben sie legte. Barny spulte ein paar Meter vom Seil zusätzlich ab, weil er das Areal um das Häuschen weiter vom Bruchholz säubern wollte. In Anbetracht des immer noch deutlichen Schwefelgestanks eine Herausforderung der besonderen Art.

Plötzlich wurde es dunkel. Barny zog es vor, sich ins Haus zu begeben, aber die Tür offenzulassen. Grey wurde unruhig, Hanna erwachte.

„Was ist da draußen los?“, fragte sie sofort.

„Ich weiß es nicht", gab Barny zu. „Etwas verdunkelt die Sonne. Ein Gewitter scheint es aber nicht zu sein."

Hanna quälte sich auf die Füße, um hinaus zu spähen. „Merkwürdig. Vulkanasche?"

„Um Gottes willen! Male bloß nicht den Teufel an die Wand!", erschreckte sich Barny.

„Ich muss raus", gab Hanna bekannt.

„Ausgerechnet jetzt? Na okay. Warte, ich habe eine passende Krücke entdeckt."

Barny brachte den Ast herein und kürzte ihn auf das richtige Maß. Hanna polsterte die Gabelung mit einem Handtuch, dann hinkte sie hinaus.

„Es ist definitiv eine Aschewolke", hörte Barny ihre Stimme. „Sie zieht superknapp uns vorbei. Nur die Pampa dürfte etwas mehr abbekommen."

„Ich denke, uns hätte sie nicht gutgetan", erwiderte Barny.

„Na toll! Jetzt fängt es auch noch an zu regnen!", ärgerte sich Hanna. „Bauen wir das Zelt auf, solange das Dach undicht ist!"

Barny machte sich sofort an die Arbeit und schleppte alles hinein, was keinesfalls nass werden durfte. Grey beobachtete ihn erstaunt. Als

Hanna zurückkam, schlüpfte er mit ins Zelt, wo Barny schon auf sie wartete, um das Seil wieder auf das normale Maß einzurollen.

Hanna zeigte mit beiden Daumen hinter sich und zur Tür hinaus. „Ich hasse sowas! Wenn wir Pech haben, gehen die Nahrungspflanzen von den Schwefelverbindungen ein. Ich hasse es abgrundtief."

Barny nahm sie tröstend in den Arm. Was hätte er auch sagen sollen? In den nächsten beiden Tagen hielten sie sich vorwiegend im Haus auf, weil die Luft Hustenreiz verursachte. Hannas Bein schwoll fast vollständig ab, nur die Einstichstelle selber war von Blasen umgeben und brannte. In der Not trug sie ausschließlich auf dieses Areal hauchdünn Salbe auf.

„Das Trinkwasser reicht nur noch bis morgen", erklärte sie, nachdem sie alle Behälter inspiziert hatte. „Ausgerechnet jetzt, wo sich mein Problemchen ankündigt!" Hanna wirkte restlos deprimiert.

„Komm Kuscheln, Schatz", flüsterte Barny. „Etwas Ruhe wird dir guttun."

Beide mussten schmunzeln, weil das Wort Kuscheln auch Grey sofort auf den Plan rief. So packte sich der eine links, der andere rechts neben Hanna und nach wenigen Atemzügen schliefen alle drei. Das sogar gleich bis zum Morgen durch, eingelullt durch das monotone Tröpfeln des Regens.

„Selbstmörderwetter", kommentierte Barny am Morgen den Toilettengang.

Grey schüttelte angewidert das auffallend kalte Wasser aus seinem Pelz.

Hanna blieb einen Moment fröstelnd vor der Tür stehen, stutzte und rief dann: „Der immer aus der gleichen Richtung wehende Wind hat gedreht!"

Barny war mit einem Satz bei ihr. „Ist das gut oder schlecht?"

„Ja, wenn ich das wüsste! Gut ist, dass er nun zum Vulkan hin weht. Schlecht ist, dass er kalt, beinahe eisig ist. Was, wenn plötzlich eine Kaltzeit anbricht? Ich ... ich ... ich bin ... ich weiß nicht, was auf uns zukommt." Hanna hob hilflos die Hände.

„Wirst du es schaffen, bis zum Fluss zu gehen?", fragte Barny.

„Ich versuche es", versprach Hanna, sich wie er einen Regenumhang überstreifend und nach der Krücke fassend. „Sicher ist sicher."

Kanister, Eimer, großer Topf, alles, was transportiert werden konnte, wurde gefüllt. Barny hatte sogar den Buggy mitgenommen, um so viel Wasser wie möglich bunkern zu können.

Auf dem anderen Ufer herrschte beinahe gespenstige Stille. Keine Insekten, keine Vögel, nur eine schwarze Linie in der Ferne, wo Massen von Vulkanstaub niedergegangen sein mussten. Hanna beobachtete mit ihrem Feldstecher den Horizont.

„Gehen wir zurück. Ich habe ein beklemmendes Gefühl in der Brust", bat sie fast flüsternd.

Barny schaute auf. Sie reichte ihm wortlos das Fernglas.

„Weg hier!" Er verstaute die letzten gefüllten Gefäße und ließ Hanna vorangehen.

Grey saß noch am Ufer, sah ebenfalls zum Horizont und rannte plötzlich mit fliegenden Pfoten zum Haus. Hanna und Barny wechselten einen erstaunt-beunruhigten Blick.

„Was hast du gesehen?", fragte Barny, weil Hanna immer schneller wurde.

„Etwas, das wie ein Sandsturm aussah, den es hier gar nicht geben dürfte", erwiderte Hanna, sich umschauend.

„Hm. Okay. Ich habe es für rollende Wolken oder eine gelbe Nebelbank gehalten. Wegen des Schwefelgeruchs der letzten Tage", versuchte Barny zu erklären.

„Die Farbe macht mir Angst", gab Hanna zu, noch einmal hinter sich schauend.

„Na, da sind wir jetzt schon zwei und Greys Reaktion ist auch nicht geeignet, an Positives zu denken", seufzte Barny.

Zu Hause bugsierten sie alles ins Zelt. Barny stieg sofort aufs Dach, um mit mehreren Fichtenzweigen das Loch zwischen den Bananenblättern notdürftig abzudecken. Nach dem Herabsteigen schwankte er so auffällig, dass Hanna aufschrie.

„Ist gleich wieder gut. Ich lege mich einen Augenblick hin", murmelte er.

„Genau das meine ich!", rief Hanna mit panischem Unterton. „Hier stimmt etwas ganz gewaltig nicht!"

„Vielleicht erleben wir eine zweite Zeitverschiebung", versuchte Barny zu erklären. „Es gibt ja auch in Fachkreisen kaum gesichertes Material. Es wird von Beklemmung und Wahrnehmungsstörungen berichtet. Du sprachst von

Beklemmung, ich hatte das Gefühl, der Raum wölbe sich mir als Blase entgegen."

Grey schmiegte sich winselnd an seine ratlosen Menschen, deren Unruhe er deutlich fühlen konnte.

Inzwischen war das, was sie in der Ferne entdeckt hatten, mit dem Wind in den Wald auf ihrem Ufer eingedrungen. Zähe feuchte, kalte Nebelschwaden. Barny raffte zusammen, was er als Brennholz greifen konnte, dann verriegelte er von innen die Tür.

Hannas Herz begann zu rasen, ihre Hände zu zittern. „Mir ist kalt. Mir ist so wahnsinnig kalt!" Sie krallte ihre klammen Finger in den dichten Wolfspelz, der sich so herrlich warm anfühlte.

Barny legte ihr eine Decke um die Schultern. Dann fiel ihm plötzlich ein, dass Hannas Verfassung durch Tag eins ihres monatlichen Problems, der immer völlig ausuferte, herrührte, und beruhigte sich etwas. Er musste jetzt einen kühlen Kopf behalten. Wenn in den nächsten Stunden irgendetwas Bedrohliches geschähe, läge es allein bei ihm, die Gefahr abzuwenden.

Leichter gesagt als getan. Denn kaum verließ er das Häuschen, schien sich ihm die Umgebung sofort wieder als Blase entgegen zu wölben.

Grey litt offenbar unter der gleichen Wahrnehmungstrübung. Er torkelte regelrecht zu einem Flecken, wo er sein Häufchen machen wollte. Auf dem Rückweg stieß er mit der Schnauze an den Türrahmen, worauf er sich missmutig knurrend zu Hanna unter die Decke verkroch.

„Ich kann dich so gut verstehen", seufzte Barny, die Tür wieder verriegelnd, dann ebenfalls an Hannas Seite auf die Schlafstatt verschwindend.

Hanna hatte recht behalten, als sie erklärte: „Es ist nicht unwahrscheinlich, dass nach diesem Ausbruch weitere Erdstöße auftreten."

Im Morgengrauen begann Grey langgezogen zu heulen, im selben Moment rumpelte es, alles wackelte und Barny warf sich schützend über Hanna, weil ein Teil des Dachs herunterbrach. Der guten Qualität des Zeltes war es zu verdanken, dass alle drei unverletzt blieben.

„Jetzt wird es wirklich immer bedrohlicher", grollte Barny.

Hanna massierte ihre Schläfen. „Wohin sollen wir gehen? Ich habe das Gefühl, mit platzt gleich der Schädel!"

„Ich brühe dir einen Tee auf", bot Barny an.

„Gern. Aber erst nach dem Gang zum Donnerbalken", merkte Hanna an.

„Tja, wenn ich irgendwie die Tür aufbekommen würde", murmelte Barny.

„Heb mich hoch!" Hanna wartete darauf, dass sie mittels Räuberleiter über die Hauswand spähen konnte. „Ach herrje! Wir werden die Tür opfern oder die Wand hinauf und hinunter klettern müssen. Es liegt eine dicke Fichte genau vorm Eingang!"

„Das geht mir sowas von auf den Zeiger", grinste Barny mit lustig verdrehten Augen. „Wir hätten einen Nachttopf mitnehmen sollen."

Hanna lachte herzlich, ihm eine Axt reichend, mit der Barny ein Loch in die Tür hackte. Groß genug, dass sich jeder mit etwas Geschick hinausschlängeln konnte. Grey machte kurzentschlossen den Anfang.

Barny behielt das Werkzeug gleich in der Hand. „Kommt davon, wenn man ohne Fenster baut", kicherte er. „Wie geht es dir heute?"

„Dank deiner guten Laune auch ganz passabel", freute sich Hanna. „Fragt sich nur, wie lange noch!" Mit Entsetzen stellte sie fest, dass sie das Phänomen des sich scheinbar wölbenden Raumes nun auch eingeholt hatte.

Grey kam ihnen entgegen, quälte sich durch die Lücke ins Haus und schlüpfte ins Zelt zurück, wo er sich sicher fühlte.

Barny bereitete nach der Rückkehr das komplette Frühstück vor, um Hanna noch ein bisschen Ruhe zu gönnen. „Was meinst du? Sollten wir das Dach rekonstruieren?"

Hanna schüttelte den Kopf. „Das nächste Beben zerstört es eh wieder", erwiderte sie resigniert. „Am besten bleiben wir im Zelt, so wie es jetzt ist. Vielleicht fällt uns ja noch irgendeine Lösung ein, um hier komplett oder wenigstens aus der Nähe des Vulkans wegzukommen. Mein Bedarf an gefährlichen Abenteuern ist gründlich gedeckt." Sie tupfte Salbe auf die wunde Stelle am Insektenstich. „Na, wenigstens passt der Schuh wieder", schmunzelte sie.

„Die erste gute Nachricht des Tages", blinzelte Barny. „Und hoffentlich nicht die Letzte."

„Zählt unter gute Nachrichten, dass es gerade nur Nieselregen und kein Wolkenbruch ist?", grinste Hanna.

„Ja, klar. Man ist doch mit wenig zufrieden", gab Barny belustigt zurück.

Beide tranken Tee und aßen Kokosfladen, während Grey keinerlei Appetit zu haben schien.

„Ich mache mir Sorgen?", erklärte Hanna, mit dem Kopf auf den schlummernden Wolf deutend.

„Ich mir auch", gab Barny zu. „Er leidet. Er versteht ja noch weniger als wir, was gerade geschieht. So wie unser Paradies in Scherben liegt, hat auch seine heile Welt einen Riss bekommen."

Hanna schmiegte sich an Barnys Schulter. „Ich liebe dich. Dass wir immer füreinander da sind, ist, was mich nicht völlig verzweifeln lässt."

Barny drückte sie stumm an sich.

„Kannst mich teeren und federn, aber ich werde noch ein bisschen schlafen. Es ist duster, nass, kalt und einfach nur bäh."

„Ich schließe mich euch an. Aus genau den gleichen Gründen", blinzelte Barny, herzhaft gähnend. „Ich ziehe mir jetzt sogar auch die Jogging-Jacke über."

Augenblicke später zeigten die tiefen Atemzüge an, dass alle fest eingeschlafen waren.

Besser als ein Sechser mit Zusatzzahl

Hanna warf sich mitten in der Nacht unruhig hin und her. Das Unterbewusstsein signalisierte: Du wirst erfrieren. Mit klappernden Zähnen öffnete Hanna schließlich die Augen. Es war nicht nur im Traum wahnsinnig kalt. Die Atemluft war am Dach im Inneren des Zeltes festgefroren. „Barny! Barny! Wach auf!" Sie rüttelte ihn, weil er im Gegensatz zu Grey nicht sofort reagierte. „Schau mal da!" Sie zeigte auf die glitzernden Eiskristalle.

„Großer Gott!" Barny war mit einem Satz auf den Füßen, um ungläubig das Eis zu betasten. Er öffnete ein klein wenig den Reißverschluss des Zelteingangs und begann glucksend zu lachen.

Ehe er Hanna von seiner Entdeckung berichten konnte, gaben sämtliche Kommunikationsgeräte Töne von sich, mit denen eingehende Nachrichten oder Warnungen signalisiert wurden. Beide kreiselten verblüfft herum. Grey bewegte wegen der völlig fremdartigen Geräusche erstaunt die Ohren.

„Da ... das gibt es doch nicht?!", hauchte Hanna.

„Offenbar doch!" Barny öffnete den Eingang und zeigte hinaus.

Der Wald war verschwunden, in ein Paarhundert Metern ragte eine Bergkette auf. Schneebedeckt, wie die ganze Talsenke, in der das einsame Zelt mit zwei Menschen und einem Wolf stand.

Barny riss Hanna in seine Arme. „Wir sind zurück!", jubelte er, sie stürmisch abküssend.

Grey war hinaus gelaufen, aber völlig geschockt nach seinem Pfützchen-Ausflug zurückgekommen. Wo waren die Farben hin, die Bäume, all das, was er kannte? Das weiße, kalte, nie gesehene Zeug auf allem, irritierte ihn.

Seine Menschen zogen inzwischen jegliche Kleidung über, die sie finden konnten und oben drauf die einfachen Überwürfe im T-Schnitt, die Hanna für den absoluten Notfall aus Ur-Fellen kreiert hatte. Vier kleinere Fell-Stücke wickelten die beiden, das Haar nach innen, um ihre Füße, um nicht zu frieren.

Dann zückte Hanna das Handy, ermittelte ihren Standort, in der Nähe des Ausgangsortes ihrer Safari, um endlich die Nummer ihres

Vaters zu wählen, der nach dem zweiten Klingeln das Gespräch annahm.

„Tiede", hörte ihn Hanna mit Zweifel in der Stimme sagen.

„Hier auch. Hallo Dad!"

„Hanna?! Bist du es wirklich?"

„Ja, ich bin es. Wir sind zurück. Leider wenig wintertauglich ausgerüstet. Kannst du uns so schnell wie möglich da abholen, wo du uns abgesetzt hast?"

„Kann ich. Ich bringe für euch warme Kleidung mit. Haltet aus!", versprach Hannas Vater sofort.

„Und bitte, bitte eine Packung Damenbinden", fügte Hanna noch an.

„Auch das werde ich nicht vergessen!", rief Vater Tiede. „Ich fahre in den nächsten zehn Minuten los! Schneeketten habe ich im Auto."

Er raffte aus seinem Schrank einen dick gefütterten Skianzug, einen Wollpullover, warme Socken und Snowboots zusammen. Rannte die Treppe zu Hannas Wohnung hinauf, um für sie das Gleiche zusammenzupacken, mit einem Satz Unterwäsche zusätzlich, stopfte alles in einen XXL-Mehrwegbeutel, den er in den Kofferraum warf. Schnell selbst warm anziehen, Papiere und Geldbörse greifen, und ab, auf die Autobahn.

Bei der ersten Rast kaufte er für Hanna Hygieneartikel, für sich und beide Heimkehrer mehrere belegte Brötchen, Wasser und ein paar Tafeln Schokolade, weil er vor Aufregung glatt vergessen hatte, welche Sorte Hanna am liebsten aß.

Und die hatte begonnen, für Grey aus einem Stück Bergsteigerseil einen Brustgurt zu knüpfen, um ihn unbeschadet zu Barny nach Hause zu bringen, der einen viel größeren und besser gesicherten Garten als ihre Eltern hatte. Da konnte der Timberwolf leben, bis eine geeignete Dauerbleibe gefunden war.

„Ziehst du bitte auch bei mir ein?", fragte Barny mit tonloser Stimme.

„Ich schwöre es!" Hanna legte seine Hand an ihre Wange. „Ich werde meinen Vater bitten, dass wir zuerst dein Haus anfahren und alles auspacken. Dann verwandelst du dich in einen zivilisierten Menschen und anschließend fahren wir mit Grey zu mir, um eine Art Erstausstattung zusammenzusuchen. Wenn es dich beruhigt, verwandele ich mich erst danach bei dir in ein elfengleiches Wesen."

Barny musste herzhaft lachen. „Für mich bist du auch so ein elfengleiches Wesen, während ich eher wie Rübezahl auf Abwegen aussehe." Er zupfte an seinem langen Vollbart und der dunkelblonden Löwenmähne. „Aber dein Plan klingt richtig gut. Ich möchte selbst hier, in dieser Welt, vorerst keinen Augenblick von dir getrennt sein."

Hanna streichelte sein Gesicht. „Mit Bart und Wallehaar siehst du glatt wie ein Wikinger aus. Ich finde, es steht dir ausgezeichnet. Komplett Abrasieren erst mal verboten! Gegen exaktes Ausrasieren habe ich nichts einzuwenden."

„Da werde ich mir doch Schlips und Kragen auch glatt für den Alltag verkneifen", blinzelte Barny. „Ich denke, du wirst mich stilistisch hervorragend beraten."

„Einverstanden!" Hanna hauchte ihm einen Kuss auf die Wange. Ihr Handy klingelte.

„Hallo Pa! Ah, prima. Bring mit! Egal, ob er warm oder kalt hier ankommt. Ja, ich hab noch eine Bitte. Ich hätte gern zwei richtig große Büchsen Hundefutter. Sorte völlig egal. Hahaha. Na klar, die teile ich mir mit Barny. Bis dann!"

Barny grinste. „Ich ahne Schlimmes."

„Ja, er denkt tatsächlich, wir wollen das Futter essen", grinste Hanna. „Er bringt zwei große Becher Kaffee von der letzten PP mit und wird in rund einer Stunde hier sein."

„Ohhhh, das ist super!", jubelte Barny. „Kaffee! Dafür hat er glatt einen Orden verdient." Dann stutzte er. „In rund einer Stunde?"

„Ich denke, er hat das Gaspedal komplett durchgetreten", schmunzelte Hanna. „Wir packen aber erst zusammen, wenn er wirklich da ist. Hoffentlich bleibt Grey friedlich."

„Ach, der ist pfiffig", wiegelte Barny ab. „Der wird mit Staunen beschäftigt sein, dass es noch andere Zweibeiner gibt, die wie wir aussehen."

Genau so sollte es auch kommen. Die drei Heimkehrer wärmten sich gegenseitig im Zelt, als Peter Tiede auf dem Parkplatz ankam. Durch das Hundefutter stutzig geworden, rief er an, dass er da sei, obwohl er das Zelt stehen sehen konnte.

„Super! Barny kommt rüber, beim Tragen helfen." Und an diesen gewandt: „Sag ihm vorsichtshalber, dass wir einen Wolf bei uns haben."

Sie nahm Grey an die Leine und schaute durch den Zelteingang zu, wie ihr Vater Barny ganz fest umarmte und beide den Kofferraum leerten.

„Ihr habt einen echten Wolf als Haustier? Ihr wollt mich veralbern!", meinte Peter.

„Das wollen wir ganz bestimmt nicht", lächelte Barny. „Der Süße wird sich freuen, Futter zu bekommen. Denn unsere Fleisch-Vorräte sind nicht mit hierher gebeamt worden."

Grey konnte Hannas freudige Aufregung spüren, so schaute er neugierig zu, wie Barny mit dem fremden Zweibeiner herankam.

„Oha! Wie ein Schoßhund sieht euer Vierbeiner wirklich nicht aus!", erschreckte sich Peter Tiede, als sich der Wolf zu voller Größe erhob.

„Hallo Dad!" Hanna umarmte ihn fest. „Ich möchte dir Grey, unseren Timberwolf, vorstellen. Wächter, Jagdpartner, Kuscheltier und Wärmflasche in einem."

Grey beschnüffelte den Fremden eindeutig wohlwollend.

„Erst mal essen. Ich habe auch Hunger, wie ein Wolf", seufzte Hanna.

„Na, da habe ich doch genau das Richtige. Belegte Brötchen zum Kaffee!", rief Vater Tiede. „Und natürlich das erbetene Hundefutter."

„Mach das so auf, dass es Grey sehen kann. Dann bist du garantiert sofort als Rudelmitglied willkommen", schmunzelte Hanna.

Grey überwachte jede Bewegung. Oh, roch das gut! Barny hatte schon Schüssel und Löffel in der Hand, damit Peter das Futter umfüllen konnte. Dann stellte dieser die volle Schüssel vor dem Wolf auf den Boden. Der ließ sich auch nicht zwei Mal bitten. Er leckte sie blitzblank leer und kroch unter die Schlafsäcke, weil der Boden eiskalt war. So konnten die anderen in Ruhe essen. Hanna setzte sich auf einen umgedrehten Eimer, weil nur zwei Stühle da waren.

Barny trank mit selig verdrehten Augen den lauwarmen Kaffee, dann begann er auf Peters Bitte, die denkwürdigsten Episoden zu erzählen. „Ohne Hanna hätte ich ziemlich dumm dagestanden!", sagte er mehr als einmal. „Deswegen möchte ich auch sofort, jetzt, hier und auf der Stelle, bei Ihnen um Hannas Hand anhalten."

„Was sagt die Angebetete dazu?", blinzelte Peter, worauf Hanna ganz heftig nickt.

„Na, da kann ich doch gar nicht nein sagen!", lachte Peter. „Wenn ihr nach fast zweieinhalb Jahren buchstäblich 24 Stunden am Tag miteinander am Gängelband noch immer der Meinung seid, ihr müsstest euch haben, muss es ja die ganz große Liebe sein!"

So wunderte er sich auch kein bisschen, dass Hanna auf der Stelle bei Barny einziehen wollte.

„Werdet ihr Grey dauerhaft behalten?", fragte er.

„Das wollen wir ihm nicht antun", erklärte Barny. „Wir werden ganz intensiv nach einem Wildpark suchen, wo er bei seinesgleichen leben kann, gefüttert und betreut wird."

Als die Brötchen verspeist waren, packte Peter die Kleidung aus.

Die Heimkehrer strahlten vor Freude. So zog sich Barny zuerst warm an. Er war nur geringfügig größer als Peter, sodass alles halbwegs passte. Solange er nicht weit laufen musste, funktionierte das auch mit den Snowboots. Dann gingen die beiden Männer hinaus, damit sich Hanna umziehen konnte. Barny reichte ihr sauberen Schnee in der Futterschüssel, als höchst willkommenen Waschwasserersatz.

„Hach, tat das gut", kommentierte sie, das Einsacken der völlig abgenutzten Wäsche. Sie reichte beim Zeltausräumen und -abbau zu, was die Männer verpackten und zum Auto trugen. Einen Schlafsack legte Barny auf den Rücksitz für Grey, der mit Hanna zusammen hinten sitzen sollte.

Der Wolf beäugte sehr argwöhnisch, wie das vertraute Zelt verschwand. Er folgte Hanna aber zum Auto, ohne an der Leine zu ziehen. Barny hielt ihn fest, Hanna stieg ein, schnallte sich an und rief: „Komm her, Grey! Komm!"

Dann ging es ziemlich schnell. Sie zog den Gurt durch die Schlaufe an der Leine, die Männer stiegen ein und schon rollte der SUV vom Parkplatz. Grey staunte. Er blieb ruhig, weil sein Rudel völlig gelassen agierte.

Während der beiden Pausen stellte Peter das Auto in den hintersten Winkel der Parkplätze, damit Barny mit Grey möglichst unbeobachtet ein paar Schritte gehen konnte. Als Peter und Hanna zurückkamen, ging er zur Toilette und brachte für Grey jedes Mal einen riesengroßen Kauknochen aus Rinderhaut mit, den der Wolf genüsslich zerlegte.

Bei Barny zu Hause angekommen, gelang es diesem sogar, mittels Handyfernbedienung das Tor zu öffnen, sodass Peter direkt in den Hof fahren konnte. „Lass Grey einfach laufen", riet Barny Hanna. „Hier kann er nicht viel Schaden anrichten."

Das hatte der Wolf auch gar nicht vor. Er hielt sich in der unbekannten Umgebung lieber direkt an Hannas Seite. Der Schnee war ihm einfach nicht geheuer. Hanna schaute ratlos, als Grey mit ins Haus wollte.

Barny winkte ab. „Lege ihm einen Schlafsack in den Flur, damit er sich heimisch fühlt. Wir werden uns schon irgendwie arrangieren."

„Na, du bist gut", kicherte Hanna. „Ich kenne mich genau so wenig aus wie Grey."

„Tschuldigung!", grinste Barny.

Peter lachte herzlich. Er fuhr heim, als alles ausgeladen war, versprach aber, für leckeres Abendbrot zu sorgen, wenn sie später kämen, um einen Teil von Hannas Habe zu holen. „Und nicht vergessen: Grey ist auch eingeladen!"

„Lieben Dank!", erwiderten Hanna und Barny hocherfreut.

„Was wird Mum dazu sagen?", fragte Hanna.

„Vermutlich nichts. Sie ist schon die zweite Woche mit einer Freundin im Wellness-Urlaub", schnaufte Peter. „Wir reden heute Abend." Er winkte und fuhr los.

„Klingt nicht berauschend", murmelte Barny.

Hanna nickte kaum merklich. „Wer weiß wie sie ihm in den letzten Jahren die Hölle heiß gemacht hat. Er ist ja eh immer schuld, wenn mir irgendwas der Quere geht.“

„Für uns ist jetzt auch Wellness-Zeit“, regte Barny an. „Ich lege mich in die Badewanne und du kannst ausgiebig duschen.“

„Fantastisch, obwohl ich jetzt ein kleines bisschen neidisch bin“, gab Hanna zu. „Aber ich werde es genießen, ohne Piranhas.“

Barny suchte für Hanna eine Jogging-Hose aus seinem Fundus, die sie mit einer Schnur um die Taille in der Bundweite regulieren konnte.

Grey folgte ihnen in das supermoderne Badezimmer, bekam ein flauschiges Saunatuch und genoss die Wärme der Fußbodenheizung. Die vielen Aufregungen des Tages zerrten an seiner Kondition. Auf Kälte hatte er keine Lust. Er hatte noch nie ein Winterfell ausbilden müssen und hätte gefroren, wäre er in den Garten gesperrt worden.

Hanna wusch mit Hingabe ihr Haar, das sie nach dem Ankleiden mit einem Handtuch zum Turban hochband. Dann widmete sie sich Barny, dessen Haupt- und Barthaar sie mit dem elektrischen Rasierer in Form brachte, wobei sie Vollbart rigoros kürzte, den Oberlippenbart anpasste und minimal korrigierte. Nun griff sie

169

zum Haartrockner. „Hmm. Ich denke, da geht noch was." Sie klippte den Langhaar-Aufsatz auf den Rasierer und brachte das Haupthaar auf Schulterlänge. „Wow. Du siehst mega aus!"

Barny schaute in den Spiegel, pfiff durch die Zähne, um festzustellen: „Pullover im Norwegermuster und Jeans."

„Perfekt!", strahlte Hanna, mit den Fingern sein Haar strähnend. „Ich im dazu passenden Strickkleid, das im Augenblick noch woanders hängt mit Stiefeletten."

„Ich freue mich darauf", lächelte Barny breit und überaus zufrieden.

Grey schlich um beide herum, die vielen neuen Gerüche sehr intensiv einschnüffelnd.

„Welchen Tag haben wir eigentlich?", fragte Hanna, den Wandkalender umblätternd.

„Den 01. März 2019", gab Barny nach einem genauen Blick auf mehrere Datums- und Zeitangaben bekannt. „Nur, warum wir im März hier gelandet sind, statt im Juli, wie unsere Rechnung besagte, kann ich dir nicht erklären."

„Wenn du, als Physiker, die Segel streichst, würde ich es gleich gar nicht kapieren", kicherte Hanna. „Da freue ich mich eben ganz einfach auf baldige Ostern. Falls du kein Oster-Grinch bist."

Barny lachte herzlich. „Mit dir, an meiner Seite, lasse ich mich sogar breitschlagen, einen Eier-Baum im Vorgarten aufzustellen. Hach, ich freue mich auf die verblüfften Gesichter der Nachbarn!"

Das verblüffte Gesicht von Peter Tiede war schonmal goldwert, als die drei in seinem Hof aus dem Auto stiegen. „Wow! Ein ganz Neuer!", rief er bei Barnys Anblick. Zumal er den Physiker bis auf den Trip ins Nirgendwo, noch nie ohne Anzug, Binder und exakt glattrasiert erlebt hatte.

Grey wedelte verhalten mit der Rute, er erinnerte sich sehr gut, dass ihm dieser Zweibeiner Futter gegeben hatte. Peter wollte lieber noch nicht probieren, ob sich der riesige Wolf auch streicheln lassen würde.

„Ich packe zusammen", erklärte Hanna, in ihrer Wohnung verschwindend.

„Gib Bescheid, wenn ich tragen helfen soll!", rief Barny hinterher, dann folgte er mit Grey Peter in den gut geheizten Wintergarten, wo es für den Wolf eine Decke und einen herrlichen Parmaknochen zu benagen gab.

171

Ein Wolfshimmel auf Erden

„Ich habe ein bisschen recherchiert, ehe euch die Behörden wegen Grey das Leben schwer machen!", begann Peter zu erzählen. „Bei Hannover gäbe es ein Gehege mit Timberwölfen."

„Dreieinhalb Stunden Fahrt", sagte Barny sofort. „Ich würde lieber erst in geringerer Distanz nachfragen, wie Moritzburg oder dem Wildgehege in Rabenstein. Ich kann mir ein Leben ohne unseren Großen kaum noch vorstellen und möchte ihn jederzeit und ganz spontan besuchen können. Wenn es bis jetzt da keine Timberwölfe gibt, muss das nicht zwingend so bleiben."

Hanna steckte den Kopf zur Tür herein. „Jetzt kann ich Kofferträger brauchen."

Sie trugen zu dritt alles zum Auto, bewacht von Grey, der unter dem Vordach stehen blieb, um keine nassen, kalten Füße zu bekommen. Danach ging sich Hanna umziehen.

Barny machte große Augen, als sie zurückkam. Norwegerstrickkleid, wie angekündigt, aber gleiche Overkneestrümpfe über den Strumpfhosen.

„Ich glaube, am Montag schnappen wir unsere Papiere und machen den Hochzeitstermin fest."

„Verlustängste?", fragte Peter amüsiert.

„Aber sowas von!", gab Barny heftig nickend zu. „Ohne mich hätte Hanna das Abenteuer mit hoher Wahrscheinlichkeit überlebt. Ich ohne sie auf gar keinen Fall. Ich hätte zwar von einigem gewusst, wie es in der Theorie geht, aber die praktische Handhabung wäre verheerend gewesen. Ich hätte selbst die wirklich grandiose Idee verworfen, einen Wolfswelpen als Beschützer großzuziehen. So winzig war er damals!" Barny nahm das Handy aus der Hosentasche.

„Ihr habt dort Fotos gemacht?!", staunte Peter.

„Ja, denn dank Barnys ausgeklügelter Technik hatten wir immer Solarstrom, den wir aber sehr sparsam genutzt haben, weil wir nicht wussten, was uns noch blühen könnte. Das Wichtigste waren die Akkulampen, für unser Häuschen, das wir auf die Schnelle und wegen ungeeigneten Werkzeugs ohne Fenster gebaut hatten", berichtete Hanna.

Barny suchte die Bilder heraus. „Wir waren wohl in so einer Art Raum-und-Zeit-Blase gefangen. Die Technik funktionierte, wir hatten nur keinen Zugriff auf irgendwelche Satelliten durch die Verschiebung. Und hätten uns Erdbeben oder Vulkanausbrüche nicht die Stimmung vermiest, wären wir dort lange Zeit recht gut über die Runden gekommen."

„Das habe ich gemerkt", schmunzelte Vater Tiede, „fast drei Jahre sind ja nicht gerade wenig für Ausflügler mit Zelt."

Es klingelte, Grey stieß erschreckt ein langgezogenes Heulen aus. Der Catering-Service brachte das opulente Abendbrot. Hanna ging mit dem Wolf vorsichtshalber in ihre Wohnung.

„Husky?", fragte einer der Männer amüsiert.

„Timber", gab Barny bekannt.

„Hä?"

„Wolf", fügte Barny breit grinsend hinzu, ihm ein Handyfoto von Grey und Hanna vor die Nase haltend, wie jeder der beiden auf seine Weise ein Hängebauchschwein zerlegte.

„Deswegen das rohe Fleisch", stellte ein Zweiter verstehend fest.

„Ja, denn wenn gefeiert wird, dann feiern alle", erklärte Peter, die Haustür hinter den Männern verschließend.

Klar amüsierten sich Peter und Barny über die Gesichter der Herren vom Cateringservice. Der eine hatte gestaunt, der andere am liebsten den Wolf gesehen und der dritte hatte sich ängstlich-verstohlen umgeschaut. Hätte ja sein können, dass die gefährliche Bestie plötzlich aus irgendeinem Winkel auftaucht.

Grey interessierte es nicht, der roch das rohe Fleisch und ihm tropfte buchstäblich der Zahn. Da gab es dann auch kein Halten mehr.

„Tischsitten sind das, tz, tz, tz", grinste Peter, als Grey mit Wonne seine Mahlzeit zerlegte, ohne sich darum zu scheren, ob die anderen auch etwas zu Beißen hatten.

„Na ja, der Umgang formt den Wolf", schmunzelte Barny.

Hanna zuckte vergnügt mit den Schultern. „Woher soll er wissen, dass ich ihm diesmal nicht die Hälfte streitig mache?"

Gesättigt ließ Grey seinerseits die anderen in Ruhe und widmete sich lieber einem ausgiebigen Verdauungsschläfchen.

„Wenn ich groß bin, werde ich auch Wolf bei euch!", witzelte Peter.

„Ach, wenn wir nur eine vernünftige Bleibe für ihn finden könnten", seufzte Hanna.

So kam es, dass sie gleich am nächsten Tag, sämtliche Wildtierparks anschrieben, die Wölfe

175

im Besatz hatten, weil beengte Zoohaltung außerhalb jeder Diskussion stand. Dann erst widmeten sie sich dem Wiedereinstieg ins gewohnte Arbeitsleben. Logisch, dass das plötzliche, völlig unverhoffte Wiederauftauchen der beiden für Furore sorgte.

Peter hatte, wie Hanna im Notfallplan für die Exkursion verlangte, verbreitet, sie seien entführt worden. Ein paar nun geschickt von ihm in die Medien lancierte Bilder im Überlebenslook von der Rückkehr mit großgezogenem Wolf ließen glaubhaft erscheinen, man habe sie einfach in der Wildnis ihrem Schicksal überlassen. Statt mühsam den idealen Unterbringungsort für Grey suchen zu müssen, rissen sich plötzlich einige großangelegte Zoos und Wildparks um den menschengeprägten sehr stattlichen Timberwolf.

Den Zuschlag bekam am Ende doch die Einrichtung, die man nach rund dreieinhalb Stunden Fahrt mit dem Auto erreichen konnte, weil das Nahegelegene einfach nicht optimal für ihren treuen Gefährten war. Sie brachten ihn auch hin, bevor ihnen irgendwelche Behörden Ärger bereiten konnten. Sie blieben fast eine volle Woche in einem Hotel in der Nähe, um sicher zu sein, dass Grey nicht litt. Der fand das Ganze trotz zig Untersuchungen und Quarantäne, wo er die anderen Wölfe nur von Ferne sehen konnte, so spannend, dass sie sehr beruhigt nach Hause fuhren. Zumal ihnen zugesichert worden war, für das erste Vierteljahr täglich aktuelle Bilder und Videos zu bekommen.

Die zeigten, dass sich Grey rasch ins bestehende Rudel integrierte, mit der Option irgendwann Alpha-Wolf zu werden, denn er war in Freiheit geboren, hatte mit seinen Menschen aktiv gejagt und so einige Vorteile den anderen Wölfen gegenüber. Den Pflegern war er vom ersten Tag an freundlich gesonnen, die Wolfsdamen interessierten sich auffallend für den Neuen, kaum dass er aufgetaucht war. Es werde wirklich frisches Blut einfließen, denn Grey konnte nach Genanalysen keinem Rudel weltweit zugeordnet werden. Hanna und Barny grinsten sich eins.

Und nicht nur deswegen. Als sie in den Medien bekanntgaben, Lebenspartner zu sein, wurden sie beäugt, als kämen sie glatt von einem anderen Stern. Wobei Barnys auffällige optische Veränderungen allein schon einen Haufen Stoff für Spekulationen boten. Wie auch die Tatsache, dass er sich weigerte, ohne Hanna an seiner Seite, Interviews zu geben. Früher undenkbar. Da hätte er jeden aus dem Ring gekickt, der ihm auch nur einen einzigen Funken Aufmerksamkeit streitig machen konnte. Wie er immer wieder Hannas Rolle betonte, die Verschleppung unbeschadet überstanden zu haben, ließ sowohl Medien als auch Fachwelt staunen. Die Ankündigung der Hochzeit für Juni war der nächste Paukenschlag.

Hannas Name tauchte nun sogar in den wissenschaftlichen Abhandlungen Dr. Krellers auf, wie dem Testbericht zum Buggy, oder einem kurzen Artikel in einem amerikanischen Wissenschaftsmagazin zur möglichen Existenz von Raum-Zeit-Blasen.

Da ging auch den Letzten ein Licht auf, dass sich die Geologin mit ihrem fundierten spartenübergreifenden Können einen Platz an Dr. Krellers Seite und in seinem Herzen gesichert hatte. Barny mutierte zum Familienmenschen, der ohne Murren ein Mal im Monat Zeit mit bei Hannas Eltern verbrachte.

Während Mathilda den hochgebildeten, stilsicheren, und somit gern gesehenen, Schwiegersohn in spe über den grünen Klee lobte,

begann Peter eine richtig grandiose Hochzeits-
überraschung für die beiden zu planen. Die
werde nicht die Welt kosten, aber allen in tiefer
Erinnerung bleiben.

Mathilda, als sie Wind von der Sache bekam,
mit spitzem Aufschrei: „Du kannst doch nicht
...!"

Peter mit einem kühlen Schulterzucken: „Ich
kann, ich will und ich werde."

Und er tat es.

Als die frisch Vermählten das Standesamt verließen, empfing sie draußen Grey, mit einer Blu-
mengirlande um den Hals, einem wilden
Schwanzwedeln und einem schallenden Freu-
denheuler. Unter dem Applaus der Spalierste-
henden wandte sich das junge Paar sofort dem
treuen Gefährten zu, um ihn kräftig zu knud-
deln, und zwischen die pelzigen Ohren zu küs-
sen. Er durfte auch mit seinem Pfleger mit zum
Haus fahren und es zwei ganze Stunde lang mitsamt Garten buchstäblich unsicher machen.
Denn solange der Wolf umher streifte, trauten
sich auch keine Paparazzi in ungebührliche
Nähe. Selbst den Rauchern wären die Gelüste
nach einer Zigarette vergangen. Für reichlich
rohes Fleisch hatte Peter gesorgt, sodass Grey

das opulente Fest in engster Familie, also zu viert, zusammen mit seinem Pfleger ebenfalls genießen konnte.

„Seine Anwesenheit ist das allerschönste Geschenk!", waren sich die Krellers einig, worauf Peter Mathilda mit breitem Grinsen eine lange Nase drehte. Hanna und Barny brachen in schallendes Lachen aus, denn Mutter Tiede schaute, als werde sie gleich hyperventilieren. Greys Pfleger feixte in sich hinein. Aber auch er hatte noch keinen Wolf wie Grey erlebt. Hier im Haus benahm er sich beinahe wie ein Familienhund, während er im Wildpark den willensstarken Anführer herauskehrte.

Als der Abschied nahte, drückten Hanna und Barny Grey fest an sich. „Mach's gut, Großer. Wir kommen dich bald wieder besuchen."

„Er wird es genießen!", prophezeite der Pfleger, Grey in die Transportbox dirigierend.

„Wie wir. Er fehlt uns", seufzte Barny, dem Auto nachschauend, bis es hinter der nächsten Kurve verschwand.

„Und schwupp, tauchen die Fotografen auf!", kicherte Hanna, mit dem Kopf auf die andere Straßenseite deutend. „Ach, wie friedlich war es in unserem Wald!"

„Da sprichst du goldene Worte", murmelte Barny. „Es hat halt alles sein Für und Wider." Er nahm Hanna auf die Arme und trug sie die Treppe hinauf.

Die Tiedes folgten ihnen schmunzelnd. Mathilda hatte in den letzten Wochen alle Artikel über die Heimkehrer regelrecht verschlungen, tappte aber trotzdem völlig im Dunkeln. Peters wenige, eigentlich harmlose Erklärungen, hatten ihr zu reißerisch geklungen.

„Was haltet ihr davon, wenn wir unsere Bilder vom unfreiwilligen Urlaub am großen Bildschirm anschauen?", fragte Barny, nachdem er sich über Augenkontakt mit Peter abgestimmt hatte.

„Viel!", rief Hanna. „Dann kann sich Mum überzeugen, dass es mehr Dinge im Himmel und auf Erden gibt, als man mit einem Fingerschnippen erklären kann."

„Los geht's!" Barny schaltete das Gerät ein, schob den Datenstick ein und begann wirklich ganz am Anfang, als sie die Datensammeltour des verschwundenen Botanikers akribisch nachvollzogen.

„Ob der auch entführt worden ist?", murmelte Mathilda.

„Ziemlich sicher. Sonst wäre er bestimmt schon gefunden worden", merkte Hanna mit einem versteckten Blinzeln zu den Männern an.

Drei Fotos weiter erkannte Mathilda sofort, dass diese eine völlig unbekannte Gegend zeigten. „Wie haben sie euch denn da hingebracht?!"

Hanna und Barny zuckten deckungsgleich mit den Schultern. „Wissen wir nicht. Wir waren ganz plötzlich einfach dort."

Bei den weiteren Fotos wurden Mathildas Augen riesengroß, während Peter jedes Detail aufsog, wie ein trockener Schwamm Wasser. Als Barny erzählte, wie Hanna den ersten Wolf vertrieben hatte, ließ er vor Lachen fast sein Glas fallen. Mathilda wurde schreckensbleich. Weniger wegen des Wolfes, als wegen der Wortwahl ihrer Tochter. Peter japste nach Luft, wischte sich Tränen aus den Augen, während Hanna mit den Schultern zuckte. Als Barny versuchte, seine Gefühle im nämlichen Augenblick zu beschreiben, und anhängte: „Allein wäre ich wohl sofort vernascht worden", prustete auch Hanna los. Mathildas Gesichtsausdruck war einfach unbeschreiblich.

Hanna immer wieder als Jägerin in Aktion zu sehen, die das erlegte Wild sofort aufbrach und zerteilte, sprengte ihr Weltbild endgültig. Erst recht, als Hanna gemeinsam mit Grey agierte.

„Sieht wie ein Auerochse aus", staunte Peter beim Anblick des riesigen Rindes.

„Ist einer. Wir haben genau so ungläubig geschaut. In den Staubwolken der Stampede war nämlich nichts, aber auch gar nichts zu erkennen, was über die Ebene donnerte", erklärte Barny.

„Frag aber nicht, was das für Geier sind", bat Hanna beim Bild von der Schweinejagd. „Solche hatten wir beide noch niemals gesehen."

„Oh ... mein ... Gott", stammelte Mathilda, weil die Vögel fast so groß wie Hanna waren und Grey ihnen gegenüber wie ein Schoßhündchen wirkte.

„Und nun zu dem, was uns das Lebenslicht ausblasen wollte", seufzte Barny, die Fotos vom zerstörten Dach nach dem schweren Erdbeben und vom Vulkan aufrufend.

„Ihr wart verdammt nah dran", flüsterte Peter, nach Hannas Hand fassend. „Zu nah."

Sie verstand die Geste nur zu gut. „Ja. Wie wir beide damals. Im Perm wären wir fast von der Glutwolke draufgegangen. Dieser hier verdunkelte den Himmel und es wurde bitterkalt."

„Ihr wart in Perm?", staunte Mathilda.

„Nicht in. Im", verbesserte sie Peter, ohne dass Mathilda seine Worte wirklich begriff.

Es versuchte auch keiner, den Irrtum aufzuklären. Sie hätte es ohnehin nicht verstanden.

„Vater Peter hat uns vorm Erfrieren gerettet, als wir plötzlich wieder im Land waren", sagte Barny mit tiefer Dankbarkeit. „Die Bilder hast du sicher schon hundert Mal in sämtlichen Nachrichten gesehen."

„Ihr wart tatsächlich während der ganzen langen Zeit 24 Stunden am Tag mit dem Seil zusammengebunden?", staunte Mathilda.

„So ist es", bestätigten Hanna und Barny synchron.

Hanna fügte hinzu: „Es ist immer noch ein merkwürdiges Gefühl, ohne genaue Absprache plötzlich überall hingehen zu können".

Barny nickte, dann schwärmte er, seinen beringten Finger neben Hannas legend: „Ich bin glücklich, nun mit ihr ohne störenden Ariadnefaden fest verbunden zu sein. Ich werde niemals vergessen, was ich ihr verdanke."

„Werdet ihr an gemeinsamen Projekten arbeiten?", fragte Mathilda, weil sie auch hier Peter nicht glaubte.

„Unwahrscheinlich, dafür liegen unsere Forschungsfelder zu weit auseinander", erwiderte Hanna. „Fakt ist, ich werde bei Auslandseinsätzen sehr viel kürzer treten, um Barny keinen Stress zu bereiten. Stattdessen werde ich mich mehr um die nahen seismischen und vulkanologischen Belange kümmern, bis höchstens nach Tschechien."

„Wirklich?!" Barny konnte sein Glück kaum fassen.

„Versprochen. Ich habe in den letzten Tagen im Team einige Aufgaben neu verteilt", verriet Hanna mit vergnügtem Lächeln. „Unsere Prognosen sagen, dass in den nächsten Jahren mehrere größere Vulkane ausbrechen könnten und ab 2025 mit diversen starken seismischen Aktivitäten weltweit zu rechnen ist. Mein Bedarf an heftigen Erdbeben und Vulkanausbrüchen ist überreichlich gedeckt. Ich werde hier beobachten, was sich zeitgleich quasi unter unseren Füßen tut. Im Vogtland bebt es immer wieder, dann zieht es sich über das Gebiet von Zwickau und Ronneburg bis in den Raum Leipzig. Dresden erlebt immer wieder Erdstöße und da, wo heiße Quellen austreten, ist eh was los. Mir wird also bestimmt nicht langweilig werden."

„Es bebt übrigens nicht, weil Hanna das so will, sondern weil Mutter Erde ihre eigenen Befindlichkeiten hat", merkte Peter für Mathilda an, die immer einen in ihrem Umfeld suchte, der an irgendwas schuld sein musste.

Im nächsten Augenblick sagte sie auch schon pikiert: „Jedenfalls bist du mit deinem Vater schuld, dass sie sich überhaupt mit solchem Zeug beschäftigt."

Peter konterte sofort: „Hättest ihr nur das Stricken und Häkeln beibringen müssen, als sie mit fünf Jahren darum bat. Dann wäre sie heute sicher Wollmodendesignerin. Das nennt man übrigens Talente Fördern und in passende Bahnen lenken. Wo Alternativen fehlen, geht es ausschließlich in eine Richtung. Und wenn nur der Berg ruft, ruft man halt zurück, um nicht zu versauern."

„Oops, das hat gesessen!", wisperte Hanna Barny zu, der unterm Tisch seine Hand schüttelte, als habe er sich verbrannt, während Mathilda Peter mit offenem Mund anstarrte.

„Ich kann mir nicht helfen, aber heute ist mir erst richtig bewusst geworden, dass deine Mutter und dein Vater in keinem Punkt auch nur irgendwie zusammenpassen", stellte Barny kopfschüttelnd fest, als er mit Hanna Getränke aus der Küche holte.

„Ja, darüber habe ich schon oft gegrübelt. Vater blockt sofort, wenn ich das Thema auch nur von Ferne streife", seufzte Hanna.

Barny winkte ab, nahm den Korb mit den Flaschen. „Wichtig ist, dass wir wissen, warum wir zusammengehören."

„Richtig!", strahlte Hanna, ihm die Türen zum Gesellschaftszimmer öffnend.

Ein kurzer Blick, Mathilda bewahrte mühsam die Contenance, Peter schien in seinem Mittelpunkt zu ruhen. Wenige Minuten später erklärte Mathilda, zu Bett gegen zu wollen. Hanna begleitete ihre Mutter bis an die Tür des Gästezimmers.

Geheimnisse

„Alles in Ordnung?", fragte Barny besorgt, als Hanna wiederkam.

„Das Übliche. Wenn ihr etwas gegen den Strich geht, straft sie die Welt mit Abwesenheit."

„Trifft den Nagel auf den Kopf", murmelte Peter. „Ist vielleicht an der Zeit, ein bisschen Hintergrundwissen zu vermitteln." Er trank einen langen Schluck des fantastischen Champagners, lächelte und begann zu erzählen: „Ich bewundere Hanna. Sie lebt meinen Traum, den ich nie verwirklichen konnte. Zuerst waren es die politischen Verhältnisse gewesen, die mich bis auf fast null herunter bremsten, dann Mathilda, die mir wie ein Klotz am Bein hängt.

Neudeutsch würde man es Challenge nennen, was uns zueinander geführt hat. Eine Handvoll Mädels der Abiklassen auf der EOS hatten den Plan gefasst, die Meisterin der Verführungskunst zu krönen. Schlicht ausgedrückt, Siegerin sollte sein, wer in kürzester Zeit mit den meisten Kerlen in die Kiste stieg. Außer den Teilnehmerinnen wusste keiner von der Sache. Ich, der oft wegen seiner Schüchternheit Verlachte, hab mich zwar gewundert, warum solch ein auffallend hübsches, gleichwohl arrogantes Mädel, wie Mathilda, so intensiv darum buhlte, Zeit mit mir zu verbringen, aber nicht Lunte gerochen. Nicht einmal, als sie eine Gartenparty mit Freunden und Übernachtung vorschlug."

Peter trank noch einen Schluck, drehte den Sekt-Kelch zwischen den Fingern und berichtete weiter: „Ich habe damals nicht mal ein Glas Bier mit Kumpels getrunken, geschweige denn härtere Sachen. Bei der Party gab es Bowle. Mit so viel Wodka, dass man vom bloßen Geruch schon blau werden konnte. Ich habe nur ein halbes Glas getrunken, dem noch ein doppelter Hochprozentiger zu gemixt war, wie später herauskam."

Peter zog die Nase hoch, atmete tief durch.

„Irgendwann am nächsten Tag kam ich zu mir. In Mathildas Bett. Ich suchte meine herumliegende Kleidung zusammen und machte, dass ich fortkam."

Hanna schüttelte fassungslos den Kopf, Barny saß, wie vom Donner gerührt.

Peter lachte bitter auf. „Ich bestand mein Abi mit Auszeichnung, studierte Bergbau und in den ersten Semesterferien stand Mathilda mit einem

Neugeborenen vor meiner Tür. ‚Ist deins. Kümmere dich gefälligst um uns!‘ Als dummguter Trottel habe ich sie geheiratet.“

Hanna schloss die Augen. „Das erklärt alles.“

„Bist du sicher, dass Hanna deine Tochter ist?“, fragte Barny sichtlich erschüttert.

„Zu 99,9 Prozent“, erwiderte Peter. „Und wäre sie es nicht, dann würde ich sie kein bisschen anders behandeln.“

Hanna streichelte seine Hand. „Du bist der beste Papa auf Erden, wie dein Papa der beste Opa aller Zeiten war.“

„Teil eins des Satzes kann ich aus eigenem Erleben bestätigen“, sagte Barny im Brustton der Überzeugung.

„Lieben Dank!“, strahlte Peter. „Behaltet das finstere Geheimnis aber bitte für euch.“

„Machen wir. Wir werden zumindest nicht Ohnmacht fallen, wenn du sie irgendwann vor die Tür setzt“, kicherte Hanna. „Schiebt mich fast Vollzeit auf dich ab, wie ein lästiges Insekt, und regt sich auf, dass ich in deine Fußstapfen getreten bin. Nicht zu fassen!“

„Ich bin ziemlich sicher, dass unser Kleines, das wir hoffentlich einmal haben werden, auch den besten Opa aller Zeiten haben wird", schmunzelte Barny.

Hanna und Peter nickten begeistert.

Peter trank aus, blinzelte den beiden schelmisch zu. „Ich gehe jetzt auch an der Matratze horchen. Da habt ihr mehr Zeit, am Enkelchen zu arbeiten."

Hanna und Barny prusteten los. „Dein Wunsch ist uns Befehl!"

Peter trollte sich lachend. Das junge Paar verstaute noch rasch die verderblichen Speisen im Kühlschrank, dann nahm Barny Hanna auf die Arme, um im Walzerschritt das Schlafzimmer anzusteuern.

Die Sonne war schon lange aufgegangen, als sich zum Aufstehen entschlossen.

„Guten Morgen!", tönte es ihnen aus der Küche entgegen.

„Guten Morgen!", erwiderten sie überrascht.

Peter hatte schon im Esszimmer stehengelassenes Geschirr abgeräumt, die Krümel von der Tischdecke gebürstet, gelüftet und den Spüler angeschaltet.

„Bist du nicht Gast?", stotterte Barny.

„Auch", grinste Peter. „Ich setze mich jetzt ganz brav in eine Ecke."

„Hältst du das aus?", schmunzelte Hanna.

„Ja ... äh ... vielleicht ... na ja ... eher nicht", kicherte Peter und half, den Tisch zu decken.

Hanna spähte nach der Uhr, aber da erschien Mathilda schon.

„Guten Morgen!", wünschten alle, ihre Rolle spielend, wie Peter erbeten hatte. Barny gab den mustergültigen Schwiegersohn, rückte Mathilda den Stuhl zurecht, Hanna kredenzte das Frühstücksei in der idealen Festigkeit und Peter erkundigte sich: „Hast du gut geschlafen?"

Offenbar, denn Mathilda rang sich beim bestätigenden Nicken sogar ein Lächeln ab.

Eine Stunde später fuhren die Tiedes nach Hause. Peter umarmte Hanna und Barny fest. „Denkt an das Enkelchen", flüsterte er vergnügt blinzelnd.

„Versprochen!", lachte Barny, das Hoftor hinter ihnen schließend. „Ich kann mir vorstellen, wie ihm das Herz aufgehen wird, wenn er Babysitten darf. Wo möchte Frau Kreller eigentlich die Flitterwochen verbringen?"

„Ach herrje! Ich habe keine Ahnung!", rief Hanna. „Habe ich zwei Tage Bedenkzeit?"

„Aber gern doch", schmunzelte Barny, sie zärtlich küssend. „Ich habe auch selber gerade eben erst daran gedacht."

„Heute genießen wir das Restwochenende und morgen überlegen wir uns ein Reiseziel", schlug Hanna vor.

Und das drängte sich ihnen plötzlich regelrecht auf. Hanna sortierte und beschriftete Gesteinsproben, hatte nebenbei das Radio an und erstarrte, als der Sprecher sagte: „Heute Morgen ist der seit genau drei Jahren vermisste deutsche Botaniker Andreas Winkler in Großbritannien aufgetaucht. Er befindet sich auf dem Anwesen des bekannten Anthropologen Professor Doktor John Helmbrecht, in der Nähe von Stonehenge. Weitere Angaben zu den Umständen liegen uns derzeit nicht vor."

Hanna wählte Barnys Nummer. „Hast du gerade die Nachrichten gehört? Andreas Winkler soll wieder aufgetaucht sein. In England, Nähe Stonehenge! Kam als Eilmeldung auf Radio Chemnitz. Bis dann, in der Mensa!"

Sie ließen beide jegliches aus den Händen fallen und checkten weltweit die Nachrichten. Die Meldung war echt. Sie lief auf allen Kanälen.

Hanna fing Barny vor der Mensa ab. „Bei mir lauern schon die Aasgeier."

„Da drüben kommt gerade noch einer." Barny deutete mit dem Kopf auf die andere Hofseite. „Vielleicht sollten wir ein paar Tage nach GB verschwinden."

„Guter Plan. Du schreibst sicher Professor Helmbrecht an." Hanna wählte ihr Menü.

„Boah! Kannst du Gedanken lesen?", fragte Barny erschreckt.

Hanna lachte herzlich. „So ähnlich. Im Ort, gleich um die Ecke von seiner Residenz, gibt es recht hübsche Pensionen."

„Ach schau an! Du bist ja hibbeliger als ich!", grinste Barny.

„Wer? Ich?", grinste Hanna zurück. „Neugierig sind wir ja beide kein bisschen. Wir wollen nur ganz genau wissen, was Andreas widerfahren ist."

Als sich der Reporter direkt an den Nebentisch setzte, zogen sie es vor, schweigend zu essen, hin und wieder einen amüsierten Blick wechselnd. Ein kaum merkliches Nicken, beide standen zugleich auf, brachten das Geschirr weg, um wieder an ihre Arbeit zu gehen. Hanna wusste, dass Barny den englischen Professor sofort kontaktieren werde. Genau so sicher war, dass sich dieser mit ihrem Fall beschäftigen werde. Sie erachteten dies als eine Art Türöffner, um Gehör zu finden.

Dass der Professor bestens im Bilde war, bewies die Mail noch am selben Abend, in welcher er zusicherte, das Treffen mit Andreas Winkler zu arrangieren. Die entsprechende telefonische Antwort war für den Vormittag des folgenden Tages avisiert.

„Ich bin zeitlich komplett flexibel, was Urlaub betrifft", gab Hanna bekannt. „Alle sind froh, dass ich überhaupt wieder da bin."

„Geht mir, seit es dich für mich gibt, auch so", schmunzelte Barny. „Fühlt sich jedenfalls gut an."

Professor Helmbrecht meldete sich gegen zehn Uhr. Er drückte unverhohlen Freude aus, dass auch das Ehepaar Kreller unbeschadet zurückgekehrt war. „Herr Winkler steht ab nächste Woche in meinem Institut unter Vertrag, verriet er. Er und seine Partnerin schlagen ein ganztägiges Treffen für Samstag ab zehn Uhr vor. Sie werden sich viel zu erzählen haben. Wäre es Ihnen sehr unangenehm, wenn ich und der Physiker Dr. Riley Stephens bei den Gesprächen mit anwesend wären?"

„Keinesfalls!", beeilte sich Barny, zu versichern. „Möglicherweise kann sich Dr. Stephens einen Reim auf die Geschehnisse machen, der sich mir völlig entzieht."

„Möchten Sie, dass ich für Sie ein Zimmer reservieren lasse?", fragte Professor Helmbrecht.

„Sehr gern. Wir haben zwei Wochen Flitterurlaub geplant", verriet Barny.

„Ah, Sie werden es nicht bereuen. Unsere Gegend ist wundervoll!", schwärmte der Professor. „Nehmen Sie am besten einen Leihwagen bei Barnys."

„Das sehe ich als gutes Zeichen an", lachte Barny. „So lautet mein Spitzname."

Der Professor fiel in das herzliche Lachen ein. „Dann sollte ja nichts mehr schiefgehen. Wir freuen uns auf Sie! Bis dahin!"

Barny loggte sich sofort auf der Seite der Autovermietung ein, um den Wagen zu ordern. Mit einem vergnügten Grinsen gab er bei der Frage ein, wie er auf die Vermietung aufmerksam geworden sei: durch Empfehlung von Professor Doktor Helmbrecht.

Hanna kicherte ebenfalls, als er ihr die witzige Begebenheit erzählte. „Ich sehe es als gutes Zeichen."

„Das habe ich auch sofort gesagt!", schmunzelte Barny.

Plötzlich stutzte Hanna. „Andreas hat eine Partnerin?", fragte sie irritiert. „Als er loszog, hatte er definitiv keine."

„Bist du sicher?", staunte Barny.

„100 Prozent."

„Wir werden die Antwort herausfinden", zuckte Barny mit den Schultern. „Als wir loszogen, hatten wir auch keine Partner."

„Hast recht", kicherte Hanna. „Das habe ich tatsächlich ausgeblendet. Wer weiß, wer alles unbemerkt und unbeachtet im ‚Nirvana' herumstrolcht."

„Furchtbarer Gedanke", seufzte Barny, Hanna fest an seine Brust ziehend.

Peter bot an, sie mit dem Auto nach Leipzig zum Flughafen zu bringen, was überaus dankbar angenommen wurde.

„Irgendwann verlernen wir noch das Fahren, wenn du uns so hofierst", schmunzelte Barny.

„Es ist die beste Methode, häuslichem Genörgel zu entgehen", grinste Peter, die beiden herzlich verabschiedend. „Gebt Bescheid, wenn ich wieder erscheinen soll."

„Du bist unverbesserlich", stöhnte Barny.

Peter trollte sich feixend. „Ich werte das als Kompliment."

„Ist auch eins!", rief ihm Barny nach.

Drei Stunden später brachte sie ein Taxi in London bereits zu ‚Barnys‘, wo sie den gemieteten Bentley in Empfang nahmen. Hannas Augen wurden immer größer.

„Für die Dame meines Herzens", blinzelte Barny vergnügt. „Wir gönnen uns doch sonst kaum sichtbaren Luxus."

„Ich freue mich auch riesig", gab Hanna zu, sich den bequemen Ledersitz einstellend.

„Nicht böse sein, wenn ich in der Stadt einsilbig antworten werde. Ich muss mich erst mal an den Linksverkehr gewöhnen. Bisher hatte ich in solchen Regionen immer einen Chauffeur", seufzte Barny.

„Soll ich fahren? Ich habe damit kein Problem und bin recht gut in Übung", verriet Hanna.

„Oh! Gerne!", atmete Barny tief durch, worauf sie sofort die Plätze tauschten.

Hanna ließ sich vom Navi den kürzesten Weg führen. Mitten durch die hektische Großstadt.

Dabei schaffte sie es auch noch, den immer wieder über sie staunenden Barny, perfekt auf die Highlights am Straßenrand hinzuweisen.

„Ich vermute, du warst nicht nur ein Mal hier", sagte er schließlich.

„Stimmt. Ich habe ein halbes Jahr Praktikum per Auslandssemester hier hinter mir. Deshalb kenne ich auch die Tücken recht gut", strahlte ihn Hanna an.

„Ich verspreche, in den nächsten Tagen ein bisschen zu üben, wenn wir über Land fahren", schwor Barny hoch und heilig.

„So ich das Auto jemals wieder hergebe", lachte Hanna.

„Möchtest du einen Bentley haben?", fragte Barny sofort.

Hanna schüttelte den Kopf. „Ach, quatsch, mir genügt mein Cupra. Oh, schau mal! Da vorn ist schon der Abzweig zu unserem Feriendomizil!"

„Schon ist gut", kicherte Barny. „Noch 14 Meilen und finster wird es auch bereits."

„An das Schneckentempo wirst du dich gewöhnen müssen, sonst wird's teuer", gab Hanna kichernd zurück. „Mein Magen protestiert ja auch schon. Ich hätte wegen einer Pause auf dich hören sollen."

„Juhuu, ein Punkt für Barny!", rief er grinsend. „Jetzt steht es zwei für mich zu hunderttausend für dich."

„Verrückter Kerl", murmelte sie liebevoll.

In der hübschen Pension wurden sie bereits erwartet, erhielten ihre Schlüssel und einen Tipp, wo man gepflegt essen gehen konnte.

„Das tun wir auch sofort", legte Barny fest, die Koffer die Treppe hinauf jonglierend.

Schnell duschen, umziehen und schon schlenderten sie durch den hübschen Ort, wurden gegrüßt und grüßten erfreut zurück. Das urige Lokal wirkte anheimelnd, das regionale Essen schmeckte beiden vorzüglich und so war klar, dass sie wieder hier einkehren würden.

„Willst du morgen wirklich im Anzug zu Professor Doktor Helmbrecht fahren?", fragte Hanna, als sie bereitstellten, was sie keinesfalls vergessen durften.

„Wenn du so fragst, eher nicht", überlegte Barny laut, sie nachdenklich anschauend. „Sportlich elegant?"

„Das passt, so denke ich, eher", gab Hanna zu. „Wir sind ja nicht geschäftlich hier, sondern aus Neugier."

„Okay. Dann Partnerlook", blinzelte Barny, nach dunkelblauer Leinenhose und hellblauem Polohemd fassend.

„Gute Wahl", lachte Hanna, für sich Kleidung in umgekehrter Färbung bereitlegend. „Die Hallorenkugeln haben den Transport übrigens heil überstanden."

„Ach ja, da war doch noch was! Zudem darf ich den Blumenstrauß für Herrn Winklers Partnerin nicht vergessen", murmelte Barny. „Und ich möchte dich bitten, morgen zu fahren."

„Okay." Hanna dehnte das Wort ziemlich überrascht.

„Du bleibst in jeder Situation cooler als ich", erklärte Barny kurz. „Ach, komm Kuscheln, Schatz!"

Brisante Gespräche

Nach dem Morgenkaffee fuhren sie zum Blumenladen, wo Barny einen bunten Sommerblumenstrauß erstand. Perfekt als kleine Aufmerksamkeit. Wenige Minuten später ließ Hanna den Bentley durch das einladend geöffnete Hoftor der Villa rollen.

Professor Helmbrecht trat soeben aus der Tür. „Lassen Sie das Auto ruhig hier vor der Treppe stehen!"

Das tat Hanna nur zu gern. Barny stieg aus und öffnete ihr die Wagentür.

Professor Helmbrecht stutzte: „Oh, Ihre Frau ist wohl die Meisterin des Linksverkehrs?"

„Das kann man durchaus so sagen", schmunzelte Barny, den warmherzigen Willkommensgruß des Hausherrn genau so freudig erwidernd wie Hanna.

„Treten Sie ein!", Helmbrecht hielt ihnen die Tür auf und führte sie in den Salon, wo sie genau so herzlich von Andreas Winkler und seiner Partnerin begrüßt wurden, die sich nach einem Blickwechsel mit Andreas und Professor Helmbrecht auf Deutsch als Kara vorstellte.

Doktor Riley Stephens stellte sich vor, die Neuankömmlinge zu Professor Helmbrechts Überraschung wohlwollend beobachtend. Denn Riley war der geborene Skeptiker, den er sonst immer sofort herauskehrte.

Hanna übergab die leckeren Aufmerksamkeiten, Barny überreichte Kara den Blumenstrauß, die vor Freude sogar ein wenig rot wurde.

„Vielen Dank!", sagte sie hocherfreut.

Helmbrechts Haushälterin brachte eine Vase herbei.

„Karas Muttersprache beherrscht leider keiner von uns", erklärte Andreas. „Aber wenn wir langsam sprechen, kann sie uns auf Deutsch sehr gut verstehen. Und widrigenfalls erkläre ich ihr das Gesprochene heute Abend ganz in Ruhe."

Kara nickte, denn so war es gemeinsam beschlossen worden.

Nach dem Smalltalk zum gegenwärtigen Befinden jedes Einzelnen erklärte Barny: „Ich werde am besten beginnen, unsere Geschichte zu erzählen, damit Sie sich ein Bild machen können, welche Informationen Sie uns am Ende zukommen lassen möchten." Er nahm einen langen Schluck aus dem Wasserglas und begann zu berichten.

Andreas zuckte überrascht zusammen, was die beiden bewogen hatte, auf seinen Spuren zu wandeln. Helmbrecht und Stephens wechselten lange Blicke. Kara klammerte sich mit riesengroßen Augen an Andreas' Arm. Die Augen der anderen weiteten sich ebenfalls, als Hanna ihr Tablet via Bluetooth mit dem Bildschirm an der Wand verband und immer wieder Barnys Worte mit Schnappschüssen untermauerte. Bei der Beschreibung, wie sie sich an der Weggabelung durch das Seil zusammengebunden aktiv für den ‚falschen‘ Weg entschieden hatten, stockte Andreas regelrecht der Atem.

Kara hielt sich den Kopf. „Ein Seil, wie beim Nebel!" Sie krallte sich sofort wieder an seinem Arm fest.

Er legte ihr den Arm um die Schulter. „Hast du Angst?"

„Ein bisschen. Aber ich will das hören", gab Kara heftig nickend zurück.

Barny trank noch einen Schluck und berichtete weiter.

„Sie konnten dort Ihre Technik nutzen?!", riefen Andreas und Riley völlig synchron und absolut verblüfft.

„Ja, konnten wir. Bis auf satellitengestützte Technik oder Internet funktionierte alles einwandfrei", bestätigte Hanna.

„Das gibt es doch nicht!", rief Andreas. „Bei mir ging nicht mal die Taschenlampe an! Aber erzählen Sie bitte weiter!"

Die nun folgenden Bilder zum Bericht kommentierte Riley mit verzücktem Flüstern: „Das haut mich glatt vom Hocker! Ich hätte das Gespräch aufzeichnen sollen."

„Sie können die Kopie von meinem elektronischen Einsatz-Tagebuch haben", versprach Barny, „da steht wirklich alles drin."

„Ha! Die nehme ich mit tiefer Verbeugung!", rief Barny hocherfreut. „Ich muss mir trotzdem Stichpunkte notieren, zu denen ich später Fragen stellen möchte." Er zog einen kleinen Notizblock aus der Jackentasche.

Als die Haushälterin das Mittagessen auftrug, einigte man sich, keinerlei Unterhaltung über das Raum-Zeit-Phänomen zu führen.

„Wenn du möchtest, darfst du von der geplanten Hochzeit erzählen", blinzelte Andreas.

„Oh ja!", strahlte Kara und war im nächsten Moment mit Hanna in eine Unterhaltung vertieft, mit Worten, Händen und Füßen.

Die Männer lachten, die beiden Frauen grinsten vergnügt. Hanna begann schnell zu begreifen, dass sich um Kara nicht nur das Geheimnis einer fremden Sprache ranken werde. Zudem versuchte die junge Frau, dicke Narben an den Handgelenken unter breiten Armreifen zu verbergen. Hanna fieberte innerlich der Lösung der vielen Rätsel entgegen. Nach dem Essen erzählte Barny sofort weiter und Hanna zeigte die Bilder.

„Wie unser Haus!", rief Kara, Andreas am Ärmel zupfend.

„Stimmt!", staunte der, sie an seine Schulter ziehend.

Bei der Geschichte des kleinen Wolfs flüsterte Kara: „Den hätten wir bestimmt gegessen", worauf Andreas nickte.

Umso mehr staunte Kara, dass der Wolf mit im Haus wohnen durfte und als Jäger für Hanna und Bernhard fungierte. Bei den Bildern über den Vulkan und die Naturkatastrophen hielt sie sich entsetzt die Augen zu, beim Nebel immer wieder: „Nein ... nein ...", flüsternd.

„Nachdem die Aschewolke den Himmel verdunkelt hatte, der Wind drehte und Nebel aufzog, stand unser Zelt plötzlich auf einem Parkplatz in Bayern", beendete Barny seine Ausführungen. „Drinnen wir drei, die jämmerlich froren, weil wir auf sowas nicht eingerichtet waren. Die Handys gingen wieder, Hannas Vater hat uns sofort warme Kleidung, Nahrung und Hundefutter gebracht, damit Grey, von dem er nicht wusste, dass es ihn gibt, nicht hungern musste. Den Rest haben sich die Journalisten schön gemalt. Na ja. Seit der Rückkehr stehen wir halt unter verschärfter Beobachtung", blinzelte er noch, Hanna einen zärtlichen Kuss gebend.

„Wir haben bei der ersten Gelegenheit geheiratet, weil solche Erlebnisse zusammenschweißen", verriet Hanna, Barnys Hand streichelnd.

„Das ist schön!", strahlte Kara,

„Grey hat auch an unserer Hochzeit teilgenommen, obwohl er da schon in einem Wildpark untergebracht worden war."

„Sie haben doch sicher auch davon mehr Bilder, als die Presse veröffentlicht hat?", mutmaßte Professor Helmbrecht.

„Aber sicher!" Hanna ließ das ganze Album als Diaschau laufen.

Kara schaute mit großen Kulleraugen zu. Sie ahnte nicht, dass ihre eigene Hochzeit viel opulenter und grandioser ausfallen werde. Schon der vielen, vielen Gäste wegen.

„Was? Schon Kaffeezeit?", staunte Riley. „Da wird es wohl ein abendfüllendes Programm."

Der Professor lachte herzlich. „Kein Problem."

Andreas nahm Karas Hand, dann begann er, seine Geschichte zu erzählen. [1]*

„Großer Gott!", entsetzte sich Hanna, als er berichtete, wie er Kara, die Opfergabe für einen Bären, vor dem sicheren Tod gerettet hatte. Und sie nickte Kara fröhlich zu, die ebenfalls die besser Jägerin gewesen war.

Kara nickte glücklich lächelnd zurück. Sie zeigte allen ihre Keramik-Herz-Kette, als die Rede vom Töpfern war.

„Ein Klosett mit Wasserspülung hatten wir zwar nicht, aber eine Badegrube, bis wir den Wasserfall gefunden hatten", schmunzelte Hanna, den Aufbau erklärend.

„Ich wäre ohne Hanna verloren gewesen", verriet Barny, „während sie ohne mich durchaus

---

hätte überleben können. Ich hatte von Botanik kcinen Funken Ahnung und von der Jagd erst recht nicht."

„Ein Hoch auf die Frauen!", rief Riley begeistert, worauf fröhliches Gelächter einsetzte.

Professor Helmbrecht atmete tief durch. „Ich hätte riesengroßes Interesse an Daten zu Ihrem Wolf."

„Die kann ich Ihnen doppeln", versprach Barny. „Leider sind unsere ganzen gesammelten Vorräte in der anderen Welt geblieben, sodass wir Ihnen kein Vergleichsmaterial zukommen lassen können. Höchstens noch die Bilder, auf denen vielleicht was zu erkennen sein könnte, wenn man weiß, wonach man sucht."

„Da will ich aber auch mit drauf schauen!", meldete sich Riley aufgeregt.

„Darfst du!", lachte Professor Helmbrecht.

„Ich schicke Ihnen ein paar meiner Forschungsergebnisse, die noch nicht offiziell sind", versprach Riley Barny. „Möglich, dass ich Ihnen nun hin und wieder per Mail auf den Geist gehen werde."

Der Professor schaute auf die Uhr. „Das Beste wird sein, ihr beide zieht euch für ein halbes Stündchen in mein Büro zurück."

Die Physiker sprangen wie von einer Stahlfeder getrieben auf, womit sie für Lachsalven bei den anderen sorgten.

Hanna befragte inzwischen Andreas und Kara zu den Felsformationen und der sandigen Ebene. Andreas brachte die vielen erjagten Felle herbei und die gesammelten Samenproben. Hanna erzählte, wie sie am Ende aus Maroni-Mehl Kokostaler gebacken hatte, auf die auch Grey scharf gewesen war.

Als Andreas und Kara ihre Narben präsentierten, seufzte Hanna. „Mich hätte fast ein Insekt umgebracht. Es war riesig und der Einstich ist immer noch zu sehen." Sie rief die Bilder ihres geschwollenen Beines auf.

„Oh, oh, das ist nicht gut", wisperte Kara, Hannas Hand streichelnd.

Hanna nickte. „Bernhard hat es mit Wegerich-Sud gekühlt, so wie wir auch Greys Wunden nach dem Kampf mit dem anderen Wolf behandelt haben."

Andreas bestätigte: „Das war in Ihrer Situation die sinnvollste Lösung. Ein bisschen Kräuterwissen kann manchmal ganz nützlich sein."

„Da sagen Sie goldene Worte", strahlte Hanna. „Wir haben uns sogar die stinkenden Ginkgo-Samen geholt, um für den Notfall Nahrung zu haben."

Die Physiker kamen mit auffallend zufriedenen Gesichtern zurück. Das roch ganz nach Zusammenarbeit, von der außerhalb dieses kleinen Kreises niemand wissen musste. Riley stellte sich sogar für den nächsten Tag als Fremdenführer nach Stonehenge und am Weg liegenden mystischen Orten zur Verfügung.

Der Abschied von Professor Helmbrecht, Andreas und Kara war überaus herzlich.

„Passt gut aufeinander auf", bat Barny vergnügt blinzelnd Andreas und Kara.

„Lasst von euch hören, wann immer euch danach ist!", fügte Hanna hinzu.

„Werden wir machen", versprach Andreas, Kara fest an seine Schulter ziehend, die heftig nickte.

Riley werde sie am kommenden Morgen direkt an das Frühstück anschließend von der Pension abholen, um sie nach Stonehenge zu begleiten. Beim Glas Wein am Abend analysierten Hanna und Barny die Gespräche.

Barny atmete tief durch. „Ich weiß, dass Rileys Informationen bei dir sicher sind, denn sie haben ziemliche Brisanz. Die merkwürdigen

Phänomene könnten durch die praktischen Arbeiten an Zeitportalen entstanden sein. Riley ist diesbezüglich Welten weiter, als ich überhaupt zu denken bereit war."

„Ach, schau an", staunte Hanna. „Aber er scheint nicht der Verursacher der Portale zu sein, die Andreas und uns verschlungen haben."

„Das hat er mehrfach betont. Und ich glaube ihm", bestätigte Barny. „Ist schon irre, dass Andreas in Deutschland verschwunden und in England wieder aufgetaucht ist. Zudem betrachte ich es nun nicht mehr als Wunder, dass wir Grey mitnehmen konnten. In Andreas' Fall ist nicht nur ein zweites Lebewesen, sondern auch noch ein komplettes Haus aus Material der anderen Zeitebene mit in unsere Zeit gekommen. Ich kann bestens verstehen, wie suspekt dem Professor sein Grundstück jetzt ist."

Hanna schmiegte sich an seine Schulter. „Ich bin tief beeindruckt, wie Andreas Kara gerettet hat. Ich wünsche ihnen alles Gute, was diese Welt zu bieten hat. Besonders freue ich mich für sie, dass der Professor einen, wenn auch sehr ungewöhnlichen, Weg gefunden hat, dass Andreas sie offiziell heiraten kann. Aber der ist genau so streng geheim wie die Details eures separaten Physiker-Gesprächs."

Barny riss die Augen auf.

Hanna zuckte vergnügt mit den Schultern. „Er hat Andreas die Papiere übergeben, die er von seiner verschollenen Enkelin aufbewahrt hat. Sie glich Kara fast bis aufs Haar und hieß Kira", flüsterte sie bedeutungsvoll. „Deswegen hatte Kara mit Blicken nachgefragt, mit welchem Namen sie sich uns vorstellen muss. Für alle anderen nennt sie sich Kira Helmbrecht. Und sie lernt fleißig Lesen und Schreiben, um nicht aufzufallen."

„Dass sie ein absolut patentes Mädel ist, habe ich auch festgestellt. Ich wundere mich kein bisschen, dass ihr zwei Amazonen sofort einen heißen Draht zueinander hattet." Barny küsste Hanna zärtlich. „Emilia, die Haushälterin des Professors, scheint Kara auch sehr zu mögen. Mir ist nicht Bange, um die junge Frau aus der Steinzeit."

Als Riley am Morgen bei ihnen eintraf, zerteilte die Sonne gerade die letzten Schwaden des Morgennebels. „Auf ins Abenteuer", schmunzelte er.

„Meinen Sie das ernst?", fragte Hanna vorsichtig.

Worauf Riley noch breiter grinste. „Ich hoffe nicht."

Hanna drohte ihm lächelnd mit dem Finger.

„Wie ist Ihre Meinung, was halb Europa in der Steinzeit bewogen haben könnte, an einem, sagen wir: Internationalen Großprojekt, zu bauen?", wollte Barny wissen, als sie endlich vor dem gigantischen steinernen Wunder standen.

Riley zog eine betont leidende Miene. „Ja, wenn ich das wüsste. Was hat die Insulaner bewogen, auf Rapa Nui die Achu zu bauen?"

„Vielleicht das Gleiche", murmelte Hanna. „Nur welchen Namen trägt es?"

„Ja, Fragen über Fragen!", witzelte Riley. „Warum zerrt man tonnenschwere Kolosse, wie die Blausteine der Stonehenge-Anlage 300 Kilometer über Land? Oder per miteinander verbundener Einbäume übers Wasser? Denn die stammen nachweislich aus dem Hochland."

„Warum baute man Heiligtümer überhaupt auf Kraftknotenpunkten der Erde?", überlegte Hanna laut weiter. „Und das auch noch weltweit."

„Und warum gibt es so viele Verschwörungs-
theorien und Schauergeschichten zu diesem
Steinkreis?", blinzelte Riley.

„Damit das Bermuda-Dreieck nicht allein
dasteht?", lachte Barny.

Hanna kicherte. „Ich weiß, dass ich nichts
weiß, sagte schon Sokrates."

„Ist manchmal besser", winkten Barny und
Riley in genau gleicher Weise ab, was Hanna
hellauf lachen ließ.

Sie hatte inzwischen beinahe jeden Stein abge-
lichtet. „Ist immer wieder beeindruckend, was
unsere angeblich primitiven Vorfahren zuwege
gebracht haben. Die Arroganz, mit der man
ihnen bis ins 20. Jahrhundert alles abgesprochen
hat, nicht weniger. Ich weiß, dass 300 Kilometer
viel sind, aber ich hätte Lust, dem Steinbruch
der Alten einen Besuch abzustatten."

Riley kratzte sich am Kinn. „Das ist kein Spa-
ziergang, wie Sie als Geologin bestens wissen.
Lassen Sie sich lieber Bilder und Filmmaterial
von Robin Heath, einem ortsansässigen Schrift-
steller, schicken, der da oben seit Jahren profes-
sionell recherchiert. Ich suche Ihnen zu Hause
alle Kontaktdaten raus."

„Ist mir so herum auch lieber", atmete Barny auf. „Urlaub mit Beinbruch wäre sicher nicht der Bringer."

„Du hast doch nur Angst, selber linksseitig fahren zu müssen!", prustete Hanna los.

Barny kicherte: „Mist. Ich dachte, du merkst das nicht."

Riley grinste über beide Ohren. Er hatte bis vorgestern Barny nur als ausgesprochen hochnäsigen, zynischen Typen gekannt. Die Wandlung, die dieser wegen Hanna im Nirgendwo durchlaufen hatte, stand ihm aber bestens. „Wir fahren zumindest noch rüber nach Woodhenge. Das sind etwa drei Kilometer Luftlinie, Anfahrt über die A 303 rund fünf Meilen, also nur wenige Minuten mit dem Auto." Er hielt Barny seinen Autoschlüssel vor die Nase.

„Herausforderung angenommen", schmunzelte der, stellte Sitz und Spiegel ein, dann fädelte er sich in den Urlauberverkehr ein. Riley spielte Navi. Dafür spendierte ihm Barny den Eintritt, wie er kichernd kund tat. Hanna schüttelte schmunzelnd den Kopf. Da hatten sich die beiden Richtigen zusammengefunden.

Riley glänzte auch hier mit Geschichtsdaten. Es war die beste Entscheidung gewesen, sein

Angebot als Fremdenführer angenommen zu haben. Sie baten beim Abschied, herzliche Grüße an Kara, Andreas und den Professor auszurichten, was Riley gern übernahm.

Mit ein paar Mitbringseln für Hannas Eltern brachen sie am letzten Tag Richtung London auf, um den Mietwagen zurückzugeben und den Flug nach Hause anzutreten.

Peter stand pünktlich am Flughafen, um die beiden abzuholen. „Ihr seht gut erholt aus", stellte er sofort fest.

„Sind wir auch", strahlte Hanna. „Es waren wundervolle Tage in Old England, mit netten Gesprächen, geschichtsträchtigen Ausflügen und Schlemmertouren."

„Wie geht es Andreas Winkler?", wollte Peter wissen.

„Bestens", verriet Barny. „Er wird in ein paar Tagen seine große Liebe heiraten und dauerhaft am Institut von Professor Doktor Helmbrecht bleiben."

„Und sonst?"

„Mysterien über Mysterien", erwiderte Hanna. „Wir sind allesamt dankbar, die Zeitsprünge überlebt zu haben. Der Professor wird sich ein bisschen mit Grey beschäftigen, ich mich mit den Blausteinen von Stonehenge und Barny bleibt seinem derzeitigen Forschungsfeld treu."

„Und ich meinem Vulkan im Zeisigwald", blinzelte Peter. „Wäre schön, wenn du wieder mal Zeit hättest, mit auf Tour zu gehen."

„Wenn ich auch mit darf, könnten wir am Samstag losziehen", schlug Barny mit treuherzigem Blick vor.

„Ich wusste doch, der Vulkan krallt sich jeden", lachte Peter. „Ich freue mich auf die Tour." Er ließ das Auto vor dem Tor von Barnys Haus ausrollen.

„Wollen wir ihm verraten, dass ziemlich wahrscheinlich noch jemand mitkommt?", blinzelte Barny, sanft Hannas Bauch streichelnd.

Peters Jubelschrei war sicher bis in die Innenstadt zu hören. „Ach, ist das schön!", freute er sich. „Da werde ich ja bald wieder mit Kraxe und Buggy durch den Zeisigwald ziehen und die kleinen und großen geologischen Wunder erklären."

Barny lachte herzlich. „Ich lasse wohl am besten schon mal neue Schwerlastregale für die wachsenden Gesteinssammlungen im Keller aufstellen."

Hanna und Peter grinsten vergnügt.

„Wird mich auch keiner dabei stören, mit dem Nachwuchs auf dem großen Küchentisch zu basteln", fügte Peter genüsslich hinzu.

Hanna hob die Augenbrauen. „Bist du sicher?"

„Ganz sicher. Hab Ma mitgeteilt, dass sie sich gern einen vorzugsweise reichen Kerl angeln soll, der sie aushält, falls er sie erträgt. Ihr glaubt ja nicht, wie schnell absolute Ruhe herrschte, weil sie, außer Nörgeln, buchstäblich gar nichts kann. Ihr ist offenbar schlagartig klar geworden, dass sie, wenn ich mein sprudelndes Geldsäckel verschließe, mit dem gesetzlich festgelegten Unterhalt auskommen müsste." Peters Mundwinkel trafen sich fast am Hinterkopf.

Hanna und Barny schmunzelten. „Hast du übermorgen Zeit? Wir wollen Grey besuchen."

„Aber sicher! Für ihn immer! Der gehört als Fell-Enkel ja zur Familie!", rief Peter begeistert. „Hach, das Leben kann manchmal richtig schön sein!"

„Da kannst du dir vorstellen, wie er zur Höchstform auflaufen wird, wenn unser Nachwuchs da ist", lachte Hanna, Barny lustig zublinzelnd.

Der blinzelte zurück. „Ich werde auch ganz bestimmt nicht bremsen, wenn unser Krümelchen nebenbei stilvollen Unfug lernt. Sowas ist ja erst das Salz in der Suppe. Ein Hoch auf den besten werdenden Opa im ganzen Universum!"

Sie schauten lange hinterher, als Peter mit amüsiertem Kichern davonfuhr. Barny küsste Hanna zärtlich, nahm die Koffer und strebte zum Haus. „Komm Schatz, fangen wir an, ein kuscheliges Nest für unser Küken zu bauen."

„Nichts lieber, als das", flüsterte Hanna, ihm die Türen öffnend. „Mag immerwährendes Glück für das Kleine, gleich mit hereinkommen."

ENDE

Mehr Informationen zu meinen Büchern
(gedruckte Version, E-Book oder Hörbuch)
unter: www.sinas-drachen.com

Teil 1

Teil 2

Teil 1

Teil 2

Teil 1   Teil 2